永恒的童心

任溶溶百年纪念文集

上海市作家协会　编

上海文艺出版社

图书在版编目（CIP）数据

永恒的童心：任溶溶百年纪念文集 / 上海市作家协会编. -- 上海：上海文艺出版社, 2024. -- ISBN 978 -7-5321-9058-4

Ⅰ. I058-53

中国国家版本馆CIP数据核字第2024X9Z265号

责任编辑　毛静彦
装帧设计　长　岛

永恒的童心——任溶溶百年纪念文集
上海市作家协会　编
上海世纪出版集团　上海文艺出版社
上海市闵行区号景路159弄A座2楼　201101
上海文艺出版社发行中心发行
上海市闵行区号景路159弄A座2楼206室　201101　www.ewen.co
苏州市越洋印刷有限公司印刷
开本880×1230　1/32　印张8.75　字数189,000
2024年8月第1版　2024年8月第1次印刷
ISBN 978-7-5321-9058-4/I·7128　定价：48.00元

告读者　如发现本书有质量问题请与印刷厂质量科联系
T：0512-68180638

目 录
contents

报道摘录

评论选辑

追思溶溶

人 · 生 · 忆 · 往

"我叫任溶溶，我又不叫任溶溶"

任溶溶

我的名字

我叫任溶溶，其实我不叫任溶溶。我家倒真有个任溶溶，那是我女儿。不用说，先得有我女儿，才能有我女儿的名字；先得有我女儿的名字，才能有我用的她的名字。我是在她生下来那年开始专门做儿童文学工作的。知道我女儿的岁数，就知道我专门

工作中的任溶溶

从事这工作的年头了：她是属狗的。再说她如今也有了她自己的女儿，瞧，这小妞儿这会儿正坐在我身边看书，一页又一页地看，一页又一页地翻，可书倒着拿，因为她别说不识字，连画也看不懂，总共才1岁。

我做起儿童文学工作来，是件很偶然的事。

我本来是——不，我一直是个文字改革工作者。我十几岁就参加文字改革工作（那会儿是宣传拉丁化新文字），以后再没放弃过，这个工作对我后来做儿童文学工作有很大的好处。研究拼音文字就要研究我国文字的发展规律，要注意口语，这就使我对祖国语言文字有一个基本的认识。儿童文学除了对儿童进行思想教育，并使他们获得艺术享受之外，还要向他进行语文教育。孩子正在学习语文阶段，一篇短文，一部长篇小说，都是向孩子进行语文教育，因此儿童文学工作者都要有语文修养。我自己是通过做文字改革工作获得这种语文知识的。

我在大学里念的是中国文学系。那时候我对文字学和音韵学很感兴趣，再加上我觉得外国文学用不着别人来逼我读，我自己早就一直在读，倒是中国古典文学作品不逼一下读不下去，也读不大懂，因此有意选了这个系。结果就给古诗词迷住了。这也使我长了不少知识。

学校出来以后，我翻译美国文学作品，就在这个时候，我的一个同学进儿童书局编儿童杂志，要稿子，知道我在做文学翻译工作，跑来找我，要我每期帮他译几篇凑足字数。我于是去找外国儿童读物看。它们丰富多彩的插图吸引了我，我很高兴帮他这个忙。因为每期有几篇，笔名要用上好几个。我这时候刚有了第一个孩子，她的名字也成了我的笔名之一。由于喜欢这个孩子，也就喜欢这个笔名，碰到自以为得意的作品，如美国儿童文学作家哈里斯的《里马斯叔叔的故事》等，就用上这个名字，到后来自己竟成为任溶溶了。不知怎么搞的，我竟没想到孩子会长大起来。等到她长大起来，麻烦也就来了。有人上我家找任溶溶，家里得问找哪一个。后来来老的找我，来小的找她。当然也有弄错的时候，来了小朋友，以为找她，却是来找我的。至于有些小读者给我来信，开头就是"亲爱的任溶溶大姐姐"、"亲爱的任溶溶阿姨"，毛病一准也出在这个名字上。

这就是我名字的来由。

我们现在说的儿童文学，是指为儿童写的文学作品，其实儿童也有自己的文学作品，我小时候就写过。为了供研究儿童心理的同志参考，我不妨说说自己真正的儿童文学作品。

我小时候是个电影迷，不但是个电影迷，而且是个电影说明书迷，收集了很多很多说明书。到后来，竟然"创作"起电影说明书来了。想起来这是小学二年级时候的事。我小学是在广州读的，进小学一年级之前已经读了三年私塾，四书读到《孟子》的《离娄》。进一年级已经会作文了。我为我这些电影说明书自编故事，自然是模仿看到的电影，主角大都是劫富济贫的侠盗、抵抗敌人的英雄之类。年纪小，当然不懂爱情，但爱情故事一定也写过，电影上有嘛。我编好了故事，还编演员表，给我喜欢的电影演员随意派角色。只有一样东西肯定没有，那就是导演，因为我那时根本不知道导演的重要性。编剧也是没有的，连这个名称也不知道。因此请勿怀疑我从小就好"名"。那时看的八成是外国电影，我"创作"的也是外国电影故事。这些说明书像海报似的贴满一屋子，读者不多，是常上我家的两三个同学。

我从"创作"电影说明书又发展到自己画电影。我小时候又是个连环画迷，情愿把早饭钱省下来，到小书摊租连环画回来依样画葫芦。这时我把自己"创作"的电影故事画成连环画卷，想要用手电筒把它们照到墙上去，无奈怎么也照不出来，因为纸太厚了。当时我还没见过幻灯。尽管我花了九牛二虎之力，结果大功没有告成。这说明我笨，要是我聪明，我一准就发明幻灯了——虽然幻灯一准早已发明，可我至今还不知道是什么时候发明的。

我念小学二、三年级的时候，差点儿还写出了"长篇小说"。我当时最喜欢的小说之一是《济公传》。我喜欢济公耍弄恶人的那种滑稽办法。我居然拿起笔来给这本小说写续集，也不知打哪儿弄来了一张稿纸，从"第一回"的题目到"未完"这两个字，正好是一张稿纸，大概四百个字。我把我想得出来的所有荒唐幻想都凑上去了，可说"几易其稿"，才抄成了这一张稿纸。写完以后我十分得意，装进信封，投给报馆——广州的《越华报》，接下来就天天等回音，以便续写。当然，回音没有接到，我的这部"长篇小说"也就此"夭折"。幸哉！

类似的"稿件"，我想今天的报刊编辑部也会收到吧？

我翻译的第一篇儿童文学作品登在1946年1月1日出版的《新文学》杂志创刊号上，是土耳其Sadri Ertem（那时在宣传拉丁化新文字，有意不把作者的名字译成汉字）写的儿童小说《黏土做成的炸肉片》，不过当时用的笔名是"易蓝"。接下来却去译成人文学作品了。

我转到儿童文学翻译工作上来以后，由于学过点俄文，从少年时期起就爱苏联文学，自然找苏联儿童文学作品来看，一看就在眼前展现了一个新世界，开始打算翻译苏联儿童文学作品。

那时上海有一个我们地下党的同志以苏商名义办的时代出版社，专门出版苏联作品。我同社里一些同志很熟，他们知道我的这个打算，大力支持。建议我就为他们翻译苏联儿童文学作品，我译一本他们出一本，包下来了。于是从解放前起，我有机会一本接一本地在时代出版社出书，他们还让我自己安排版面，进出他们的印刷厂，简直把我当作了时代出版社的"同仁"。我能够全心全意走上儿童文学翻译工作这条道路，首先要感谢时代出版社姜椿芳、倪海曙等同志。我在那里一共出版了十几本书，包括马雅可夫斯基和马尔夏克的儿童诗、阿·托尔斯泰的《俄罗斯民间故事》、伊林娜的《古丽雅的道路》、科诺诺夫的《列宁的故事》等。

谈到时代出版社，我不禁想起一件事。尽管时代出版社的同志和我很熟，这件事他们却绝对绝对绝对不知道。事情虽然和儿童文学无关，却还是想说一说。

时代出版社创办起来，是从出版《时代杂志》开始的，那是在1941年苏德战争刚爆发后不久。他们的发行部在斜桥弄(今吴江路)一个小房间里，附带免费发送英文版《每日战讯》，我每天傍晚总要走很远的路去取。我当时从英文译了一篇苏联卫国战争小说，有一天去取《每日战讯》时，把稿子偷偷塞给发报的同志，接下来的一期就登出来了。我用的笔名叫托华。那时候我正在学俄文，很爱俄文"同志"这个词，俄文"同志"的音是"托华里希"，我取了开头两个音节做笔名。收我稿子的那位同志几年以后竟成了我的朋友，可我没跟他谈过这件事，就算谈了，他也一准想不起来，因为像我这种会取《每日战讯》的小青年太多了。

上海解放后不久，新华书店华东总分店出版儿童读物，让我负责编辑《苏联儿童文艺丛刊》（1950年底创刊，一个月一本，出版了一年多）。为了向儿童提供有益的读物和向儿童文学工作者提供参考作品，这个丛刊的出版是有意义的，它还团结了上海的儿童文学译者，其中有几位后来成了有名的翻译家。

1952年底少年儿童出版社在上海成立，我一直在这个出版社里负责外国儿童文学介绍工作。因为客观需要，外国儿童文学作品，特别是苏联儿童文学作品，当时出了很多。从20世纪60年代初起，我们开始出版外国儿童文学丛书，准备把国外有代表性的儿童文学作品系统地介绍过来，一些重要作家还出版选集，如《盖达尔选集》。这个工作可惜后来停止了。我至今还是认为这个工作应该继续做下去，扎扎实实地给儿童、同样重要的是给儿童文学工作者整理出一套好书来。要问我对儿童文学工作还有什么夙愿的话，这就是我最大的夙愿之一。

在以前，我使用的外语只有两种：英语和俄语。我大量翻译的是苏联儿童文学作品，也介绍了意大利罗大里的童话和诗歌以及其他国家的童话、儿歌等。

在一段时期，我和同志们长期靠边。可我如今回顾一下，这整整十年我总算还抢回了一部分时间，没完全浪费掉。在"牛棚"里既不准工作，也不准随意看书，只可以写"检查""交代"和劳动，不写、不劳动的时候只好呆呆地坐着。我实在闲不住，于是想到读意大利文。意大利文我原先虽然断断续续学过一些，可是因为忙，没有集中时间好好学过，而抄家之后，劫余书中居然留着意大利文课本。于是我白天在艰苦劳动间隙抢时间休息，甚至在菜场的柜台上睡过午觉，晚上就抢时间在家里学意大利文，把生字和语法规则抄在薄纸上，带在身边，白天在"牛棚"里背。这样我总算学到了一些意大利文的起码东西。后来到干校，无法偷学，停了。等到从干校回上海以后，我又利用业余时间重温日文，得到在外文资料室工作的朋友的帮忙，借了日文书偷偷地看。屈指算来，我在这个时期看的日文小说，大概比我看过的英、俄文小说还要多。我们广东有句俗话，译成普通话就是"跌倒抓把沙"，意思就是即使倒霉摔了跤，也要趁此"机会"捞回点什么。在这期间，我就按我们老祖宗的这句格言办，是捞回了一点东西，至今感到庆幸。我从意大利文译了《木偶奇遇记》，还准备译罗大里的童话和诗。至于日文，我曾在《外国文艺》杂志上负责介绍过日本文学作品，只是在儿童文学翻译工作上我还没怎么用上，我想以后会用得上的吧！

这以后，我在上海译文出版社编《外国文艺》杂志，起初根本没有考虑翻译外国儿童文学作品，简直连心也不动。真得感谢1978年10月在庐山召开的儿童读物出版座谈会，在会上我受到同志们的鼓舞，心动了。而且越动越厉害。下山以后，业余除了创作，一口气还翻译了好多部儿童文学作品，一年当中译了二三十万字，比我之前任何一年都多。人老了，时间少了，该为孩子和儿童文学事业多干点活，我老这么想。

我感到在介绍外国儿童文学作品方面要做的事很多。解放后外国儿童文学作品是介绍了不少，优秀的苏联儿童文学作品基本上都有了译本，可是世界上有不少有影响的儿童文学作家还需要介绍，特别是供我国儿童文学工作者参考。我以后打算在这方面做些工作，包括资料工作。

在翻译工作中，我日益感到为儿童翻译书必须牢牢记住这是写中文，更注意中文，注意祖国语文的规范化，因为它同样负有对儿童进行语文教育的任务。外国作家给儿童讲故事，不但要让他们听懂，而且听得有味道，我们改用中国话来讲，也同样要做到这一点。儿童文学作品最麻烦的是常有文字游戏，碰到这种情况就不能照字面译，要改成相应的、在中文里也是有趣的东西，靠注释说明在原文里某字和某字谐音，某字语义双关等，就会使作品乏味。译者既要对得起读者，也要对得起作者，要务使外国作家有味的文字不变成无味的文字。这不是件容易事，我至今还在学习。

我翻译外国儿童文学作品，虽然小说、童话、剧本等无所不译，但最感兴趣的是译儿童诗。在外国儿童文学作品中，儿童诗占很大的比重，有不少著名儿童文学作家是诗人。这是因为儿童诗在儿童文学中占特殊的位置。儿童接受文学作品是从催眠曲开始的，是从听作品开始的，在识字以前，就听了大量儿歌和故事。儿童善于背诵，儿歌有韵，即使无韵也有节奏，容易记。儿童爱唱儿歌，中外相同。不少外国儿童诗的确是好诗，很有借鉴作用，值得介绍，尽管译诗是吃力不讨好的工作，岂止不讨好，甚至要讨骂。说文学作品不能翻译，更多的是指诗。这也有道理，因为诗的语言是极难用别的语言代替的，只要看中国古体诗译成白话诗也很难就知道。但我觉得这工作还是得做。如何译诗，争论起来可以没完没了，我主张就让各人用各人自以为是的办法译就是了，百花齐放。好在今天的新体诗也无一定形式，只要译出来是诗就好。译者自然都是要把诗译好的。既是儿童诗，当然还应该受到儿童的检验，为儿童喜爱。我几十年来一直在探索诗的翻译问题。我接触到的一些外国儿童诗是有格律的，我尽力在引进诗体方面也进行尝试。我常跟青年读者说，原诗的内容和结构，在翻译的诗里基本上是保持的，但文字却是译者的了，它甚至可能比原作的文字更好，当然，往往是比原作的文字差，读者，特别是文艺工作者，即使对译文不满意，也不妨硬着头皮读一读，透过译文看看原作的内容和意境，从中得到点什么。读我的译诗也希望能如此。

　　我在翻译上还做过一件事，就是为文字改革出版社试验用"拼音文字"译了阿·托尔斯泰的著名童话《金钥匙》。那是用英文打字机打的，因为不用汉字，就较少受汉字影响，全部是口语，译出后我十分得意。可惜这部稿子在那段时期已在出版社毁于火中。之后我重译了这本书，却是用汉字译的了，恐怕比不上失去的那一稿。假使文字改革出版社恢复，这种拼音文字试验工作我还是要做的。

　　关于我的儿童文学创作，那没什么可说的：我至今还处于学习阶段。

　　20世纪60年代以前我主要做翻译工作，虽然也创作过诗歌、小说、童话，但纯属客串性质。

　　先说写小说吧。

　　我的第一篇小说叫《妈妈为什么不去开会》，是解放后不久写的。那时候少先队员还叫儿童队员，许多妇女也没参加工作。这一篇小说写一位妈妈不去参加里弄的学习，她的儿子，一个儿童队员，认为妈妈太不应该了，理直气壮地去跟她讲道理，要说服她去开会。搞了半天，妈妈不去开会，原来都因为他和弟弟妹妹吵吵闹闹，去不了。于是他决定带好弟弟妹妹，让妈妈去开会。小说在《新少年报》发表出来后很受欢迎。可是里面有个细节，写这孩子教妹妹不够耐心，打了她的头一下。有读者认为这样写歪曲了儿童队员的形象，我还得做检讨。可我认为这样写完全可以，因为孩子最后认识错误了。我那时候翻译够忙的，创作这么麻烦，想想还是不写算了，一搁笔就是几年。

我接下来写出了《我是个黑人孩子，我住在美国》（后来出单行本改作《我是个美国黑人孩子》），写这篇小说完全是偶然的。上海人民广播电台要我介绍外国儿童生活，我看了一个外国报道材料，讲一个美国黑人孩子被三K党围殴的不幸遭遇，十分感动，就把题目告诉了他们，他们马上在《每周广播》上发了消息，定好了广播时间。可是到译稿时，我觉得这报道太简单了，我国孩子听了不一定那么感动。可是题目已经登出去，时间也定好，非在规定的时间里照题目讲不可。我真叫做骑虎难下，又得对小听众负责，于是索性像命题作文那样创作小说。我上面已经说过，我从小是电影迷，看的片子十有八九是美国片，后来又有一段时间做美国文学介绍工作，对当时美国黑人的生活还有点间接的知识。我十分同情报道中那个美国黑人孩子，于是以这件事为题材，很顺利地构思出故事，一下子写好了，目的只为了完成广播任务。《少年文艺》主编李楚城同志知道了这件事，竟然听广播审稿，立即拍板成交，在《少年文艺》上发表。这篇小说，后来几个地方转载，还用作教材，出了单行本，选到上海的《十年儿童文学选》里，这却是我始料不及的。后来我又写了几篇以外国儿童生活为题材的小说。

再说童话。

这里我只说说我开始写的两个童话：一个是《没头脑和不高兴》；一个是《一个天才杂技演员》。

我20世纪50年代初期常到孩子们的集会上去讲故事。讲外国故事讲腻了，很想针对孩子们的情况讲点别的什么。两个童话就是这样产生的。关于没头脑，我自己是一个，深有体会，"不高兴"则是好些孩子的口头禅。碰到这种孩子，批评他们吧，他们总是不服气，认为这是小事，跟大起来做大事没关系。我就想干脆让他们带着他们的缺点就变成大人去做大事，出点大洋相。这就是《没头脑和不高兴》。不高兴演武松打虎里的老虎而不肯死这一段，是借用小时候看到的一段广东梨园掌故。掌故里说一个扮老虎的演员向扮武松的演员借钱抽大烟，"武松"不肯借，扮老虎的就一直不肯倒下，直到"武松"答应为止，我把这段掌故搁这儿来了。至于《一个天才杂技演员》，那是因为我有一个中学同学，是位运动员，长得英俊，身体说不出有多棒。过了多少年再见到他，我简直认不出他来了。原来他不当运动员了，成了个大胖子。我觉得很滑稽，就借这件事给孩子说明本领不是天生的，是苦练出来的，就算你比别人聪明一点，要是不勤学苦练，就得不到本领，有了本领也会荒废掉。因此我加上个胖小丑因为勤学苦练成了个有本领的杂技演员。胖变瘦，瘦变胖，孩子们听了都哈哈大笑，我就要他们在嘻嘻哈哈声中接受我的道理。这两个故事讲给孩子们听效果不错，编辑同志逼着写，甚至空出版面等稿子。《没头脑和不高兴》我是到截稿前两个小时才像"立等可取"似的一口气写下来的，读了一下就交出去发排了。因为这两篇都是讲过的故事。我那时候天天听相声，讲时学单口相声的口气，这一点，在童话的文字里也反映出来了。

　　我这两个童话都被改编并拍成了美术片，一个拍动画片，一个拍木偶片。拍电影是导演他们的功劳，我不过是提供个剧本。但我上面说过了，写电影故事是我童年时的"老本行"，写的故事真能拍成电影，再没有什么比这更使我高兴的了。

　　我认认真真地学写点东西，那是在20世纪60年代初。

　　我很早就有个打算，准备40岁开始搞创作。我一直翻译人家的东西，有时感到很不满足，觉得自己也有话要说，有时一面翻译，一面还对原作有意见，心想，要是让我写，我一定换一种写法，保管我们的孩子更喜欢。特别是译儿童诗，又要符合原意，又要符合整首译诗的音节数和押韵等，极花心思，说不定比作者写一首诗花的时间还多，

　　不由得就想干脆写自己的诗。于是我弄了个小本子，不断记下自己准备写诗的题目，留到不惑之年开笔大吉。可我动笔没等到40岁，提早了三年，那是因为翻译任务轻了，闲不住，再加上创作的愿望越来越强，憋不住。

　　我把小本子打开，一个题目一个题目研究。有些题目在记题目时很感动，隔了很长一段时间，现在还很感动，就写；有些题目一时很感动，过后再想想并不那么感动，就不写。我一口气写了几

十首儿童诗，除了给低幼儿童的以外，其余的后来都被收到了《小孩子懂大事情》这本集子里。

用小本子记题目的习惯我至今保存。虽然也有些题材是一想到就觉得有把握，马上写成，但很多都经过一定时间的淘汰，经过一定时间的思索，觉得值得写才写。我写得慢、写得少，固然由于不够努力，但这也是一个原因。写得慢、写得少，不一定写得好，这是水平问题。

根据我自己的经验，诗的巧妙构思不是外加的，得在生活中善于捕捉那些巧妙的、可以入诗的东西，写下来就可以成为巧妙的诗，否则冥思苦想也无济于事。举个例子来说。我有一次去参观一个大工厂，这个工厂有许多大烟囱，而在许多大烟囱中间我忽然看到一个最小的烟囱，那是烧水房。平时讲到大工厂总讲大烟囱，我偏讲个小烟囱，对儿童来说就有点奇怪，我决定通过这个夹在许多大烟囱之间的小烟囱去歌颂烧水工人的平凡劳动。可是我怎么也想不出一个好结尾。后来报上报道一位先进的烧水工人爬高，把开水送给不肯下来喝水的高空作业的工人，这才启发我解决了我这首诗的结尾问题，因为烧水工人拿着开水像杂技演员那样爬高，挺奇怪的。

诗要引人入胜，开头就要吸引孩子，让孩子跟着你走，可诗里面还得有胜，如果没有胜，孩子白跟你走了一通，最后平淡无奇，要叫上当。儿童诗最好从题目起就吸引孩子，诗的结尾又有回味。孩子好奇，我常让他们猜点谜，孩子没耐心，我常带点情节。当然，诗是多种多样的，我说的是我写得比较多的那种诗。

我翻译诗的过程是我学习的过程，我很有兴趣看一些成功的儿童诗人如何从生活中取材，又怎样巧妙地表现出来。这是为了提高自己的眼力和功夫，使自己也善于从我们的生活中取材，巧妙地表现。我还要继续学下去，本领是学不完的。

我写诗喜欢用比较整齐的形式，也想探求一种为儿童喜爱的诗歌形式。可是我也欣赏别人的不同形式。每个诗人写诗都有自己喜爱和熟练的写法，儿童也喜爱各种各样的写法，我赞成各写各的。

为了繁荣儿童文学创作，我今后一定要在这方面多贡献点自己的微薄力量。创作创作就得创，我要不断地探索，不断地创新。

1980年1月底2月初

于北京出差时随想随记

1991年10月修订

"啊呀把我迷住了，这些儿童书。"

任溶溶　口述

　　我是1923年四月初四出生的，我的生日快到了，阳历就是5月19日。出生在哪里呢，就是上海虹口闵行路巡捕房隔壁，我父亲是个商人，我就生在他开的一个木器店的楼上，是西式木器店。

　　我是历史上最后一批读私塾的人，大概到我已经是最后一批，我现在看看我的童年朋友读过私塾的真是很少了，因为我们广东人特别封建，爱那种旧的东西。因此我是真正向孔老夫子叩过头的，向老师也叩过头的。大概5岁，1928年，我是回广州去的，跟母亲、跟哥哥一起回广州，到了广州就正式读了两三年私塾，然后才进小学，（读）小学一年级，小学读到1937年，就是抗战这一年，小学毕业。后来我父亲就说，因为广州也不能开学了，因为日本人轰炸，接下来怎么样不晓得，所以我1938年初过了春节回上海来，我一到上海，（上海）就是"孤岛"。

　　在上海一个广东的中学，叫"岭南中学"，读了一个学期。因为我回到上海来一句上海话也不会讲，国语也不懂，就到广东人那里去读了一个学期。接下来就是到英国人办的雷士德中学，正式从初中一（年级）从头学起。到这个中学对我一生的命运很关键的，因为这个学校里面有地下党员，这位地下党员现在还健在很好，叫梁于藩，曾经担任过（驻）联合国的代表，他就把我们这些小班同学带到进步革命路上去了。（在）进步同学的影响下面，当时参加"拉丁化新文字运动"，我是个积极分子，而这个运动是地下党领导的，所以直接跟地下党有接触。

我是1940年底到苏北参加新四军，带我去的人现在也健在，是后来做国家出版局局长的王益，大我几岁，还有去世好几年的汤季宏，这些都是当时搞新文字运动，又是地下党的同志。当时大概只待了半年就生病回来，黄疸病，回来以后就留在上海，编地下党的一本语文杂志，也是新文字有关的，叫《语文丛刊》，这是我开始做编辑工作。一直编到太平洋战争爆发，其实时间也不长，我1941年上半年回来到12月，也不过半年多吧，太平洋战争爆发日本人就进来了。

那么接下来就读书，我进大夏大学读书，我毕业的那一年正是日本人投降的那一年，日本人投降一两个月后我就毕业了。

毕业以后有一个很偶然的机会，我有一个同学进了儿童书局。我恐怕一直到念大学的时候都没有想到过要搞儿童文学这类东西，没有，完全没有，也没有想到搞什么文学。翻译倒翻译一些东西，因为我学过点外文，也学过俄文，但是没想到过靠这个吃饭。

那个同学到儿童书局，他跟文学一点都不搭界的，这位同学念政治。他知道我又念文科——我是念中国文学系的，又会点翻译，那么他就来找我，他说你帮帮忙，每一期一定给我一篇稿子，最好给两三篇，用两三个名字发表，因为他没稿子。

我倒觉得这个也可以做做，我就跑到那个卖外文书的英国的书店去看，啊呀把我迷住了，这些儿童书。其实那个时候外国这个童话书就非常多，漂亮，非常漂亮。我这个人对这种，好奇心比较多，我觉得搞这个很好嘛，这个英文又很浅，蛮好嘛，我就给他搞。我是电影迷、从小就电影迷，美国好莱坞我最崇拜两个人，一个是卓别林，一个迪士尼。我搞儿童文学恐怕要感谢迪士尼，就是它那些童话书把我带进了这条路。它每个童话片都有童话书的，小鹿斑比等，而这些形象现在迪士尼乐园都有，（比如）Dumbo（小飞象）。我去年还翻译了英国的小熊维尼，它都有。所以我就搞儿童的东西，那么又惊动了一位我的贵人，这位贵人就是这位姜椿芳，（指书架）有本书叫《姜椿芳》，他是我的贵人，他是地下党领导人。

你说我自己喜欢，我好像喜欢的书蛮多，很难说。比方林格伦（Astrid Lindgren），大家也比较熟悉。我更喜欢的作家一个是罗大里（Gianni Rodari），凭良心讲。因为我到底是相信共产主义的，他写的东西我很中意。中国儿童文学作家，我最佩服的是张天翼，写《宝葫芦的秘密》的张天翼，张

《洋葱头历险记》书影

天翼写过《大林和小林》，讲阶级斗争的。罗大里也写过一本童话讲阶级斗争的——《洋葱头历险记》。罗大里聪明，现在（人们）还读，因为他用水果蔬菜，没有直白地讲资本家、少爷。张天翼的《大林和小林》硬碰硬写了工人、资本家，你介绍到外国去就不那么合适了。罗大里那个，资本主义国家也照样读，他讲的是善与恶，讲的是压迫人的番茄骑士。罗大里我喜欢，还有英国一个叫达尔（Roald Dahl），达尔是什么人呢，就是写《查理和巧克力工厂》的。我觉得他写的儿童故事也非常好，当然还有林格伦，就是写《长袜子皮皮》的，我觉得"安徒生奖"里面有好些真是不错的。

原载2022年9月28日"中国近现代新闻出版博物馆"微信公众号

我就是那个"没头脑"，常常糊里糊涂的

金 煜 申 婵

一、年轻时代，散漫童年和进步青年

"我是给孔夫子磕过头的，从小读私塾，识字很早。"任溶溶操着浓重的广东口音。1923年，他出生在上海，原名任根鎏，父亲在上海开店，5岁起，他被送到广州老家。

任溶溶说自己度过了一段非常"散漫"的童年生活。他读了大量的杂书，尤其喜欢"人物打来打去"的旧式武侠小说、滑稽搞笑的《济公传》，以及张天翼的《奇怪的地方》。意大利童话《木偶奇遇记》是任溶溶最喜欢的书，只是小时候的他怎么也不会想到几十年后，他得以亲手把这部经典童话翻译成中文，更想不到在后来的半个世纪里，经他之手进入中国的外国童话故事数不胜数。

小学毕业那年，抗战爆发，任溶溶回到了上海，在英国人开的中学里读书。直到解放前，上海有着无数个悲惨的"卖火柴的小女孩"，路遇死尸简直是家常便饭。"冬天的时候，善堂就早早出来收尸了。在虹口等地，垃圾箱旁边扔掉的弃婴，真的是随处

可见。"目睹世间疾苦，慢慢长大的任溶溶不再读童话了，他一心向往着革命。1940年，读初三时，任溶溶从家里溜走，到苏北参加新四军。路上为了防止被家人找到，他决定改名。出发的那天是10月17日，他就按照这个日期的读音，将自己的名字改成了"任以奇"。

解放前，瞿秋白等人发起了推广拉丁化新文字的活动，也就是"汉语拼音运动"。不到20岁的任溶溶参与编辑《语文》丛刊，在汉语拼音、简化汉字、推广普通话上做了不少工作。

他真正开始翻译儿童文学，则"纯粹是偶然"："我大学有个同学毕业后到儿童书局工作，知道我也翻译文学作品，就找我帮忙翻译，我到外文书店一看，哎哟这个外国书太漂亮了！我从此就成了外国儿童文学迷了！"

解放前，任溶溶为地下党开办的出版社翻译苏联文学，解放后，他成了翻译、创作两栖作家，进入少年儿童出版社主管外国文学编辑工作。"任溶溶"这个笔名，其实是他女儿的名字。一次翻译童话，他顺手署上了女儿的名字，从此就用了下来。但是他忘了"女儿是要长大的"，后来麻烦不断：有人登门拜访，家人总得问：您找哪个任溶溶？老的还是小的？还有小读者写信来，经常叫他"任溶溶姐姐""任溶溶阿姨"……

20世纪五六十年代，国内翻译界大部分人都在翻译《牛虻》《斯巴达克斯》等革命作品。任溶溶擅长英文和俄文，又偏偏最喜欢翻译儿童文学，他因此成了全国少数几个专门翻译儿童文学的当家人。《任溶溶评传》一书中介绍："在解放后的17年中，全国的翻译工作者对外国儿童文学作品的译介共426种，而任溶溶一个人的翻译就达30多种，约占翻译总量的8%"。

"出版社常常到年底了和我商量，说创作的书不够，翻译的书再多加几种，所以翻译出的书很多。"任溶溶说，当时原创作品太少，直到《人民日报》出了篇社论，希望文学界多写儿童文学，老舍等一批老作家们开始写一些儿童文学作品，情况才稍稍开始好转。在出版社无限渴求原创作品的背景下，任溶溶早期偶然的创作，竟然成为出版社趋之若鹜的佳品。

当时，作为出版社编辑的任溶溶经常要往少年宫跑，给小朋友们讲故事。他本来讲的都是翻译故事，没想到讲得多了，竟然自己头脑里也跑出了一些故事。后来那篇被看作中国儿童文学代表作之一的《"没头脑"和"不高兴"》，就在这样的情况下诞生。

"没头脑"记什么都打个折扣，糊里糊涂的造了三百层的少年宫，却把电梯给忘了；"不高兴"任着自己的性子来，上台演《武松打虎》里的老虎，他不高兴了，武松怎么也"打不死"老虎。这两个形象生动的角色和里面生动的笑话让几代读者笑破了肚皮。

任溶溶说，角色都从生活中来，自己就是那个"没头脑"，常常糊里糊涂的。不过，在少年宫和小朋友在一起的时候，这个故事竟然突然自己就跑出来了。"小朋友们特别喜欢，后来出版社也听说，他们就让我写下来，我在咖啡馆里半个钟头不到就写出来了。"

当时还有一个故事，也非常流行，那就是《我是个黑人孩子，我住在美国》，故事里面，一位穷人黑人小孩靠洁白牙齿为美丽牌牙膏商人做广告，他被一名种族歧视者醉鬼打落了牙齿，结果失业了。第一次讲这个故事时，任溶溶受邀捧着底稿在电台里读，出版社的主编从无线电广播里听到了，当即让他把底稿拿去发表。

但是，这些还只是即兴创作，当时的任溶溶翻译都忙不过来。1962年，中苏关系破裂后，中国停止了翻译苏联作品，"中苏吵翻后就什么都不出了，最后是没书出了，就出些朝鲜的、越南的，他们也没什么儿童文学。"

接近"失业"的任溶溶只好"改行"搞创作，之前的"即兴"变成了"专业"。"从翻译儿童作品到写，我是熟能生巧了"。这一时代逼出来的改行，让任溶溶给几代人留下了大量令人印象深刻的故事和形象，除了《没头脑和不高兴》等之外，他还写出了童话《一个天才的杂技演员》《小波勃和变戏法的摩莱博士》《人小时候为什么没胡子》，儿童诗《我抱着什么人》《我给小鸡起名字》等大量优秀作品。

　　　　我是一个可大可小的人
　　　　我不是个童话里的人物，
　　　　可连我都莫名其妙：
　　　　我这个人忽然可以很大，
　　　　忽然又会变得很小。
　　　　——任溶溶《我是一个可大可小的人》

任溶溶很多的创作都在写他小时候的自己。最典型的就是儿童诗《一个可大可小的人》，"诗里面说爸爸、妈妈要到普陀山去了，说孩子你太小了，不能去，等到要走了，他们又说，你现在大了，应该在家帮奶奶做点事。这种事现在哪儿都会发生，但也是我小时候真实的事情，我当时真是想不通。"

"小孩子都是一样的，只是社会变了，生活情况变了，小孩子的本性都是一样的。"他说。

二、改革开放三十年，从来没有离开小朋友

改革开放之后，整个出版环境为之一新。上海译文出版社成立，任溶溶没有回到少年儿童出版社，而是开始在译文社编辑《外国文艺》杂志。与此同时，进入中年的他也迎来了翻译生涯的第二个高峰。

他首先终于实现了自己的梦想，把意大利文的《木偶奇遇记》直接翻译成了中文，他的翻译版本成了这本书流传最广的中文版本。他还重新拾起安徒生童话，在丹麦首相哈斯穆斯的授权下，浙江少年儿童出版社出版的《安徒生童话全集》摆上了哥本哈根国家博物馆的书店，成为了唯一的官方中文版本。

《小房子》书影

在出版界日益开放的30年中，任溶溶翻译了瑞典作家林格伦的《长袜子皮皮》等十部重要作品，英国罗尔德达尔的《查理和他的巧克力工厂》《女巫》等小说，还有《彼得·潘》《假话国历险记》《柳树间的风》《小飞人》《随风而去的玛丽波平斯阿姨》《小熊维尼》等让无数中小读者都喜爱无比的经典童话，直至最近几年，年过八旬的他还在翻译一线上耕耘，翻译了《夏洛的网》《精灵鼠小弟》等畅销儿童书。

不过，他并不喜欢现在大红大紫的《哈利·波特》，"我只喜欢第一部，后来全是讲和妖魔打来打去觉得没意思。不过我不喜欢它不代表我否定它，还是一句话：萝卜青菜，各有所爱。"

现在，不断还有出版社请任溶溶翻译，"我已经在考虑要不要译了。"翻译了一辈子，86岁高龄的任溶溶终于说。

另一方面，他也很担心现在国内的儿童文学创作情况。"外国儿童文学我感觉比较稳定，每本童话书看下来都很自然，没有什么很怪的，但我们国内的一些作品看着感觉很无厘头，变动得很厉害。"

他说自己创作其实并不容易，尽管儿童文学看起来很简单。"你得站在小朋友的立场上，不仅得让小朋友看得懂，还得动点脑筋。"

有人说，人生是绕了一个大圈，到了老年，又变得和孩子一样了，而任溶溶却不大赞成"返老还童"等说法，"我跟小朋友从来没有离开过。"他说。

（原载2022年9月22日《新京报》，本文有删节）

任溶溶：我生下来就是干这一行的

舒晋瑜

2018年5月19日，任溶溶度过了他的96岁生日。

"我走了很长的路，经历过很多事，参加过新四军，打过日本鬼子，后来从事儿童文学事业，一辈子都在为小朋友做事情。写作是我最爱做的事，我翻译的许多外国文学作品给小朋友带来快乐，也给中国儿童文学带来借鉴。后来，我学了一些诗歌、儿童诗，改革开放以后，我又写了一些散文。"去年95岁生日时，任溶溶曾录制视频，回忆自己的过往：视频最后，他朗读自己的小诗《没有不好玩的时候》，"一个人玩，很好！独自一个，静悄悄的，正好用纸折船，折马……两个人玩，很好！讲故事得有人听才行。……三个人玩，很好！……四个人玩，很好！五个人玩，很好！许多人玩，很好……"

他是一个内心活泼、阳光、充满童心的老人。上一次采访时，任溶溶刚刚听完柴可夫斯基的小提琴协奏曲。他兴致盎然地对我说："我刚学了几句韩文。我今天想用韩文跟你说一句：干撒憨眯达。"

"什么意思？"任溶溶说："谢谢你！"

怎么就想起学韩文了？他说，在商店里看到韩国的点心，想知道上面的韩文是怎么回事。

他就是这么一个任何时候都充满好奇、充满兴趣的率真的人。任溶溶年轻的时候喜欢唱京戏，喜欢老生，现在也还常常听京戏和古典音乐。遗憾的是中央戏曲频道的京戏越来越少，老是放黄梅戏、越剧，他希望一天至少要有一次京剧。除此之外，他仍然天天动脑筋想儿童文学的题材，想写什么，他说："只要一有题材，一有工夫就写出来。"

"如果年轻的时候到世界各国走走，写一本专门讲吃的书一定很有意思。"任溶溶说。遗憾的是，最近几年，他行动不便，有时甚至要24小时戴着呼吸机。

我是在写小时候的自己瑞典儿童文学作家林格伦说，世界上只有一个孩子能给她灵感，那就是童年时代的"我自己"。任溶溶也是如此。他说："我写儿童诗，很多的创作都在写小时候的自己。"1947年，在儿童书局办杂志的同学找任溶溶帮忙翻译作品。任溶溶跑到外滩别发洋行去找资料，看到许多迪士尼的图书，非常喜爱，就一篇接着一篇翻译。除了向《儿童故事》供稿，他还自译、自编、自己设计，自费出版了10多本儿童读物，如《小鹿斑比》《小熊邦果》《小飞象》《小兔顿拍》《柳树间的风》《快乐谷》《彼得和狼》等，都译自迪士尼的英文原著。哪些作品介绍给中国的读者，他选择的标准很简单，那就是：古典外国儿童文学作品，流传了多少年，到现在还有生命力的；还有一条标准就是好玩，有趣。1947年，时代出版社负责人姜椿芳通过草婴找到任溶溶，希望他帮助翻译作品，任溶溶选择只翻译儿童文学。"20世纪

50年代，我花了很大力气译儿童诗，包括俄国叶尔肖夫的长篇童话诗《小驼马》（即《凤羽飞马》）、苏联马雅可夫斯基、马尔夏克、楚科夫斯基、米哈尔科夫、巴尔托，意大利罗大里的长短儿童诗。"任溶溶的这些诗当时大受小读者欢迎，一印再印。孩子们读起来是否顺口，是任溶溶最关心的。至20世纪60年代初，翻译一时停顿，任溶溶却觉得自己有许多东西可写，又一口气创作了许多诗歌，"应该说，这是我长期翻译外国儿童文学，学到了不少东西，让我入了门的结果"。儿童诗的翻译虽然做了很多，但是不如故事流传得多。任溶溶说，唐诗大家都读，新诗却没人背。诗歌爱好者少是原因之一，另外也说明儿童诗功力不够。任溶溶的儿童诗总是让人发笑的，浙江少儿出版社刚刚出版了他的两本诗集：《我是一个可大可小的人》和《我成了个隐身人》。学者方卫平评价说，任溶溶的童诗创作始终保持着一种世界性的思想与关怀的高度。当许多同辈作家的创作常常自觉地服从于某种意识形态话语控制的时候，他仿佛在不经意间就投下了一个格外令我们敬重的创作身影。"他善于发现儿童生活中充满童趣的语言、场面和情感体验，加以定格、放大、渲染，从而表现童年独特的生活情趣。比如《动来动去的口袋》中的哥哥在影院门口使劲掏电影票的场景，《爷爷他们也有过绰号》《奶奶看电视》中透过孩子的眼睛所映照出的大人们的可爱模样等，都呈现出十足的轻喜剧的幽默。"选择翻译的标准：经典，好玩，有趣任溶溶很喜欢美国作家约翰·斯坦贝克的作品，因为他的作品不像其他作家那样情节集中，写得很自由，好像随便讲话，看似东一榔头西一棒槌。他最有名的作品是《愤怒的葡萄》。任溶溶最初接触的是另外的一些作品，如《煎饼坪》《罐头厂街》，这些作品令他"一见如故"。

"我为什么搞儿童文学？因为儿童文学就好像在跟小孩子聊天、讲故事，我喜欢随便聊天，我用的文字也是大白话。"他总是那么谦虚："我没有什么本领，也没有美丽的词藻；也跟我的外文水平有关——比较浅。从外文来讲，写给儿童的文字到底是浅的，我的水平能够应付。"其实，他为孩子翻译和创作，却从未降低过对自己的要求，他翻译的百分之九十以上是儿童文学，同时，他还译过《北非史》、舍甫琴科的长诗、三岛由纪夫和安部公房的剧本，他说："儿童文学作家不能只会逗孩子开心。"小时候的任溶溶读过《三字经》《论语》《孟子》，大学又选择了中国文学，但是他却说，古文算不得有功底，读《三字经》是为了识字，大学里学了文学，也样样都不精。他说："懂多少就会拿出多少货色，绝不会超出自己的水平。"当然，他也有不喜欢的儿童文学。比如《爱丽斯漫游奇境》，他就曾明确表示看不出什么名堂。他还为此说过笑话：谁能把这本书翻译出来，可以重奖。各人有各人的爱好。无论翻译还是写作，归根到底是因为爱儿童文学。他小时候就不大爱看《爱丽斯漫游奇境》，他爱看故事性强的，爱看武侠小说。那些双关语比较多、文字游戏多的作品，他不爱看，也不大翻译。但是他认可，自己虽然不大懂，但是能够风行，肯定有它的道理。任溶溶总觉得，译者像个演员，经常要揣摩不同作者的风格，并善于用中文表达出来。对于外国文学作品翻译版本迭出，任溶溶有自己的看法。他说，有些是出版社为了谋利请人重新翻译，有些是译者认为自己翻译得好才去重译。语言也在发展，解放前的译本现在重新翻译是有必要的，比方五四时期的文字，现在看来有点老了。他很少去翻译前人已经翻译的作品。"前人翻译的我不翻译，我不敢跟徐调孚比。我重新翻译，没有跟前人争的意思。"《木偶奇遇记》是因为英文版本有删节，他又学过意大利文，希望能照原版重新翻译一次。当时，国内出版了《木偶奇遇记》十几种译本，但是任溶溶译的《木偶奇遇记》，是国内直接从意大利文翻译的唯一中文译本，首次印刷就达25万册。还有一次是翻译《安徒生童话全集》。任溶溶说，自己没有跟叶君健比的意思。叶君健的翻译版本是上海译文出版社出版。版权被收回后，译文社的领导认为，这是看家的书，没有不行。因为任溶溶是译文出版社的工作人员，就找任溶溶翻译。任溶溶说："叶君健是前辈，我不敢翻译。"领导说，你不翻译总要找人翻译。"既然翻译了，就尽我的全力。我翻译《安徒生童话》，像'跪'在那里一样，后来就不'跪'了，我想既然做了，就照我的意思翻译下去吧。"对于中国儿童文学创作，任溶溶认为应该熟悉、借鉴外国儿童文学。比如现在有"安徒生奖"，两年评一次，评出来比较好的作品，翻译工作者就应该及时介绍，应该让中国作家参考。他当时就在担当这工作。他翻译的童话，外界评论"简洁、形象生动、充满童趣"，那么，他本人如何评价自己的翻译风格？"没有风格。翻译无非是借译者的口，说出原作者用外语对外国读者说的话，连口气也要尽可能像。我总觉得译者像个演员，经常要揣摩不同作者的风格，善于用中文表达出来。"任溶溶说，自己是代替外国人用中国话讲他要讲的故事，YES就是YES，NO就是NO。他尽自己的力量，原作是怎样就翻译成怎样。近七十年，任溶溶翻译了三百余种童话。他喜欢意大利的罗大里、英国的达尔、瑞典的林格伦。

他说，自己天生就喜欢儿童文学，没有从事儿童文学之前，一生的道路就是为此做准备。"这个准备是不知不觉的。小孩子的时候谁知道将来做什么。我小时候看了很多武侠小说——小时候不管看什么书，总是有帮助的。做语言工作，对我帮助最大了。语言学的书我看了不少，我现在还是有兴趣。"任溶溶最关心的是希望有人继承翻译事业，出来一些专门翻译儿童文学的翻译家。现在这支翻译队伍人数是太少了。我们需要的是拿来主义，还需要更多的思考。目前的儿童文学创作都很用功，翻译成外文是另一种要求，要求对外文像外国人自己讲话一样，这是另外一种功夫，是两样不同的事情。好奇心强、创造力强，从不守旧，任溶溶的创新意识是从哪里来的呢？他说："每个人都有好奇心，现在最苦恼的不是翻译问题，我还是要创作，应该为中国儿童文学贡献点东西。还想写儿童诗。翻译不动了，但是我还在不断地写儿童文学作品。"他想，如果年轻的时候到世界各国走走，写一本专门讲吃的书，一定很有意思。他年轻的时候喜欢听京戏，喜欢老生，现在也还常常听京戏和古典音乐。遗憾的是中央戏曲频道的京戏越来越少，老是放黄梅戏、越剧，他希望一天至少要有一次京剧节目播放。除此之外，他仍然天天动脑筋想儿童文学的题材。想写什么？他说："只要一有题材，一有工夫就写出来。"

节选自《风骨：当代学人的追忆与思索》

文·坛·往·还

任溶溶：百岁老人的儿童文学人生

王慧敏

古时候称百岁为期颐寿，一般按照民间习俗过九不过十，任老出生于1923年5月19日，所以今年正好就是期颐寿大年。任老一生从事儿童文学事业，一直拥有一颗旺盛的童心、葱茏的诗心和永不止息的爱心，孩子们最喜欢称呼他"没头脑和不高兴爷爷"。

任溶溶学贯中西，八十载笔耕不辍，在儿童文学翻译、创作、编辑出版领域成就斐然，为中国儿童文学事业做出了杰出贡献。任老精通英、意、日、俄等多种语言，译作洋洋大观，把《安徒生童话》《木偶奇遇记》《夏洛的网》《长袜子皮皮》等世界儿童文学经典带到了中国读者手中，滋养了一代又一代中国孩子的精神成长，也为众多创作者开启了全球视野和世界眼光。任老的儿童文学创作更是影响巨大，获奖无数，他的任氏语言风格独树一帜，儿童诗和童话脍炙人口，以其对童年精神的深刻理解，获得了小读者和大读者的喜爱。

任老一生爱孩子、爱生活、爱文学，他获得诸多赞誉时总会说"不敢当不敢当"，对那么多读者和观众喜欢他的作品总会说

"很不好意思"，但是同时他又说小朋友喜欢，那真是再也没有比这更快活的事了。

任老一直都在写作，他曾说："我的一生就是个童话。有时候我碰到五六十岁的人，说小时候读过我的作品，我是又高兴又不好意思。"这位世纪老人，究竟是在怎样的沧桑巨变中，一任天真，成就了他的童话人生呢？

也曾有过小时候

"我的人生是从挨打开始的。"任溶溶天生幽默风趣，讲起自己的童年往事，也像讲故事一样，很有悬念感，吸引你着急地要往下听。1923年5月19日（农历四月初四），任溶溶出生在上海虹口闵行路东新康里一处沿街的两层联排住宅的楼上。他在降生的瞬间就同医生和家人开起了"玩笑"。他根本不愿意哭着来到这个世界，便不声不响地把脸蛋憋得发紫。新生儿哭不出来，医生照例实施简单而有效的方法，他被像兔子一样倒提起来、小屁股上挨了几下，他"哇"地一声哭了出来。顿时，一家人皆大欢喜。父亲给他起了个大名——根鎏。

童年的小根鎏很幸运，他的小时候很有童话色彩。4岁的时候入上海虹口朱澜明先生私塾，先生给起了个学名"干强"，不料，行完开学礼，他看见大厅里一排排坐着很多小小孩，最里面摆着一张藤椅，先生端坐在那里，旁边一张茶几，放着茶壶茶杯，藤椅旁边斜靠着一根藤条。根鎏显然"不高兴"，他反应极快："藤条除了打人还有什么用？"于是他转身就跑，拼命逃走。

没想到跑回家没有被训斥,妈妈笑着说:"开了学就算了,不去就不去吧。"妈妈一槌定音,根鎏赢了!年届五十的父亲任翰臣没有干预妻子的决定。任溶溶回忆起这件极小的事情,言语间充满对父母的感恩之情,觉得自己的爸爸妈妈可真好,给了他宽松的成长环境。

要问任溶溶小时候的偶像是谁,他会斩钉截铁地说,那还用说,当然是大英雄赵子龙。任溶溶小时候迷上了连环画,只要有连环画,四五岁的他自娱自乐、太太平平,不用大人操心。他从连环画里熟悉了《薛仁贵征东》《武松打虎》等很多有趣的故事。《三国演义》里赵子龙为救阿斗奋不顾身大战曹兵,在长坂坡杀了个"七进七出",浑身是胆的赵子龙从此成为他小时候最崇拜的偶像。

除了是个小小的"连环画迷",任溶溶小时候还有很多的爱好。比如他从小就对看电影很痴迷,而且特别爱看滑稽电影。像卓别林的尤其爱看。他三四岁时就由大人抱着去看戏、看电影。坐在大人的腿上,有电影看,还有东西吃,任溶溶自然很乖。尤其是在故事片前面加映的一些短片,如米老鼠动画片、滑稽片、音乐片等,他看得特别快乐。除了爱看电影,任溶溶从小还是个小书迷。小时候他最爱的书是《济公传》,觉得济公本领大,滑稽,行侠仗义,有时候还搞一些恶作剧,实在好玩。

可能很多人不知道,任老也很少跟人提这件事,他小时候是个真正的书法迷。他6岁从上海回到广州从读私塾起就学写字,迷上了书法。他一本本地临碑帖,篆隶行楷草,无不涉及;颜、柳、欧、苏,越临越有味。他甚至临摹过郑板桥的字体,而且对郑板桥"隶楷参半"，字或大或小、忽左忽右但一气呵成的风格尤其钦佩。

　　"祖先留给我们的书法艺术实在奇妙，享受书法艺术，真是一种福气。"任溶溶经常这样感叹。有一次他不无遗憾地说：小时候练字，只图享受书法艺术的快乐而频频换帖，"没有耐心"专攻一家，所以最终也没能成为书法家。

　　小时候的任溶溶很早就有了自己的第一架留声机，那是爸爸妈妈返回上海，把他和二哥安顿在广州时留给他的。与留声机一起留下的还有一大叠唱片，其中大多是爸爸爱听的广东戏。任溶溶由此相继迷上了广东戏、京戏、民乐、古典交响乐、相声、滑稽戏……

　　小时候这些特别的经历，这些广泛的兴趣，其实都是对以后人生的铺垫。

参军历险记

　　1938年秋，15岁的任溶溶从广东岭南中学转学来到上海，进入上海雷士德工学院初中部。在初一A班，任溶溶结识了一辈子的好友草婴，他们都喜爱文学、电影、古典音乐，同样具有语言天赋。在任溶溶的心里，比他大两个月的草婴更像他的兄长。这一年《鲁迅全集》刚出版，草婴买了一套。任溶溶向草婴一本一本借着看。雷士德初中部位于现今的江苏路，离任溶溶的家较远。任溶溶乘双层公交车上下学，于是公交车的上层就是他的阅览室，因为"那里安静，方便看书"。一套20本的《鲁迅全集》，他就是在这特别的"阅览室"看完的。

少年总是会充满激情，喜欢冒险。1940年10月16日，这天是星期三，17岁的任溶溶没有去学校，他早早来到好友草婴家。任溶溶期待着天色能早点暗下来，因为晚上他将奔赴前线，这是第一次瞒着父母，去做一件在他看来很有意义又心潮澎湃的大事。任溶溶从小就读《济公传》《三国演义》，崇拜英雄赵子龙，他觉得小时候的英雄梦，马上就要实现了。傍晚五六点钟，任溶溶与同班同学金培林在五马路（今广东路）外滩的汇理银行会合。他们在银行门廊里一直等到约九点，才一起上了即将开往江苏新港的轮船。进入船舱，只见一位白面书生模样的男子盘着腿坐在床上，笑眯眯地像在迎候大家，不过他没说话。第二天清晨，船靠江苏新港，任溶溶才知道，与他们同舱的男子叫王弦，是带他们去黄桥的"领队"。王弦就是王益，当代著名出版家，中华人民共和国成立后出任国家出版局副局长。

新港有日本兵检查乘客的行李，碉堡周围用铁丝网围着，上面吊满了香烟罐，鬼子还举着太阳旗出操。为了使家人找不到自己，任溶溶在前往黄桥的路上决定把名字改为"史以奇"，因为这天是10月17日，他想用"十一七"的同音字作姓名，这可真是少年无畏，什么都觉得新奇。王益说，名字可以改一改，姓就别动了。中华人民共和国成立后任溶溶的很多作品都署名"任以奇"，而且他的身份证上的名字一直也是"任以奇"。

名字改了，可瞒着父母出走的任溶溶还是及时给家里写了封信，以免父母牵挂。说起这段"参军历险记"，任溶溶回忆说，参军时间虽然很短，但是令他终生难忘。1940年11月初，八路军南下部队拿下了盐城，这一天要到海安来和新四军部队会师。同志们去张罗会场，任溶溶在编墙报。正在安排稿件，忽然大门口进来一个魁梧大汉，抬头一看，竟是陈毅司令。反应敏捷的任溶溶竟然大着胆子问陈司令可不可以给墙报写几个字。于是就有了这首任溶溶平生第一次作为"编辑"约稿的作品：

> 十年征战几人回，
> 又见同侪并马归。
> 江淮河汉今谁属？
> 红旗十月满天飞。

任溶溶后来在部队经常看见陈毅司令，还能听到他的演讲，任溶溶觉得陈毅就像自己小时候最崇拜的大英雄赵子龙，文武双全，英姿勃发。

任溶溶的英雄梦，终止于悄悄来袭的肝病。起初，只是腹部不适，但后来症状一天天加重，两条腿也越来越沉重。有时部队在岸边行军，他只能躺在行驶的船上，心急火燎。最后，他不得不服从安排回上海治病。没想到从此与军营告别，再也没有回来。

也许更符合他天性的使命，冥冥之中有意无意地在召唤着他。

命运的敲门：步入翻译

1942年秋，19岁的任溶溶进入大夏大学中文系就读。任溶溶在大夏大学遇到了两位名师——郭绍虞和刘大杰。郭绍虞是从第二个学期起为任溶溶所在的班级授课的。任溶溶此前读过郭绍虞老师在开明书店出版的《语文通论》，其中一篇文章很精辟地归纳出汉语词有可分可合的黏合作用，任溶溶顿时明白了汉语词的这个重要特点。为此任溶溶"对郭老师敬佩得不得了"。刘大杰是著名作家、文学史家和翻译家，曾撰写出版《中国文学发展史》。他与郭绍虞先生一样，曾在好几所大学任教，先后开设过"文学概论""文学批评""中国文学史"等课程。任溶溶说刘大杰讲课最好听，他讲课就像在聊天，很轻松。

1945年秋，任溶溶从大夏大学毕业，有很长一段时间都没有寻觅到合适的职业，还生了一场大病。他不小心染上了伤寒，在床上躺了一个多月。任溶溶身体很虚弱，在家调养的日子里，他阅读书刊、听留声机……他阅读的刊物中，有一本苏联出版的《国际文学》，是英文杂志，专门介绍各国进步作家作品，任溶溶每期都看。那期的《国际文学》上有篇土耳其作家萨德里·埃特姆（Sadri Eytem）的儿童小说《黏土做的炸肉片》，任溶溶读后十分感动，产生了把它翻译成中文的冲动。小说翻译出来后，发表在《新文学》创刊号上，署名"易蓝"。在自己众多的翻译作品中，任溶溶把《黏土做的炸肉片》列为翻译处女作。应该说，这就是命运在敲门，从此，他与儿童文学翻译结缘。

1946年12月，任溶溶的大学同学邵惠平在《儿童故事》杂志当编辑，来跟他约稿，说最好每期来几篇。任溶溶高兴地答应下来，他来到外滩的别发洋行，这里有家外文书店。书店里，原版的英美儿童书籍在任溶溶的眼前呈现出一个五光十色的世界。任溶溶把书买下来，回家一本一本翻译，定期向《儿童故事》供稿，他还自译、自编、自己设计、自费出了10多本儿童读物,如《小鹿斑比》《小熊邦果》《小飞象》《小兔顿拍》《柳树间的风》《彼得和狼》等。

1947年,正当他沉浸在儿童文学的翻译世界里的时候,他幸运地当上了爸爸,妻子为他生下第一个孩子——一个属狗的可爱的女儿。他请老大哥倪海曙为小宝宝起名字,老大哥当仁不让:"就叫任溶溶吧,你看如何?"由于要在《儿童故事》"每期来几篇",笔名要用好几个,他就把女儿的名字署在自己满意的译作上。于是,"任溶溶"这个充满诗意的名字,若干年后与"任根鎏""任以奇"一起载入了中国儿童文学史册,"真""假"任溶溶也传为佳话。任溶溶曾有一篇出名的文章——"我叫任溶溶,我又不叫任溶溶",非常幽默风趣地讲了自己名字的故事,使得任溶溶这个名字也充满了神奇的童话色彩。

翻译家任溶溶

1953年6月15日,戏迷任溶溶坐在上海人民大舞台,看了一出特别的戏:儿童戏剧家、国家一级导演任德耀执导的独幕4场苏联童话剧《小白兔》首演。任溶溶翻译过《十二个月》《雪女王》《神气活现的小兔子》等儿童剧,《小白兔》正是由任溶溶所译的米哈尔科夫的童话剧《神气活现的小兔子》,经周恩来、邓颖超的义女孙维世改编而成。从首演到1985年2月,《小白兔》共演出655场,观众达78万多人次。在中国福利会儿童艺术剧院众多优秀演出剧目中,创下演出场次、观众人次之最。就在观赏

《小白兔》首演这年，任溶溶共有10种译作出版，他的人气也随着《古丽娅的道路》这本书在中国的走红而急剧上升，仅仅出版7个月印数就接近50万册。

到上海译文出版社工作后，任溶溶完全能够在浩如烟海的成人文学名著中实现他翻译生涯新的辉煌。然而，他忘不了儿童文学，他也离不开儿童文学。从《魔法师的帽子》到《小飞侠彼得潘》，从《随风而来的玛丽·波平丝阿姨》到《查理与巧克力工厂》，从《铁路边的孩子们》到《安徒生童话全集》，再到超级畅销书《夏洛的网》，任溶溶成为新世纪中国儿童文学翻译界的高峰。

童心不老，任老始终与时俱进，返聘退休后，在他90岁生日的时候，还出版了最新翻译的世界经典童话"彼得兔系列"，上海翻译家协会为任老和120岁的彼得兔一起过了一个难忘的快快乐乐的生日。该书的编辑还专门画了一幅"任溶溶和彼得兔一起过生日"的油画，这让喜欢书画的任老高兴得不得了。

任老如此表达他翻译国外优秀儿童文学作品的初衷："我翻译许多国家的儿童文学作品，只希望我国小朋友能读到世界优秀的儿童文学作品，只希望我国小朋友能和世界小朋友一道得到快乐，享受好的艺术作品。"2022年1月，上海译文出版社推出了全20卷，总字数近千万字的译著结集《任溶溶译文集》。这套译文集，可以说其阅读价值收藏价值研究价值，会是一个几乎可以断定的永久童话。

任老多次获得重要翻译奖项，曾两度获国际儿童读物联盟颁发的年度翻译奖，被中国翻译协会授予"翻译文化终身成就奖"。对于荣誉，他总会说：噢噢，不记得了，不记得了，不敢当不敢当！

任溶溶被尊称为儿童文学泰斗,除了他无可替代的翻译家的地位和贡献,更因为他的儿童文学创作的独树一帜,这是任溶溶80年儿童文学奇遇中另外一个有趣的童话。

"当儿童文学作家最快活"

在上海少儿出版社工作期间,任溶溶经常到学校和图书馆给孩子们讲故事。他讲的故事有波折,幽默,风趣,再加上研究汉语拼音出身的他普通话非常地道,所以小朋友们一听就懂,一听就乐。故事讲得多了,任溶溶也精了:哪些段落孩子爱听,哪些地方他们根本没兴趣,他了如指掌。

1956年1月,《少年文艺》的编辑逼着让他写一篇童话,还在第二期预留了版面。任溶溶坐在咖啡馆里,飞快地记录着头脑里的故事——"我有个邻居,今年12岁,叫做没头脑。他名字叫没头脑,人可有头有脑。他读书也聪明,绝不能没脑子。大家叫他没头脑,因为他记什么都打个折扣,缺点零头……"这就是后来成为任溶溶代表作的经典童话《没头脑和不高兴》,小朋友也许不知道,这篇畅销了66年的童话经典,竟然只用了半个小时,还是在咖啡馆里写的!这件事是不是也很童话呢?台上30分钟,台下可是几十年的积累呢!

1957年9月,距"没头脑和不高兴"发表仅一年半,堪称《没头脑和不高兴》姊妹篇的《一个天才的杂技演员》又诞生了。任溶溶的这两次翻译之外的"客串"之作,使他以"新人"的身份,在中国儿童文学创作的第一个"黄金时代"占有了一席之地。

1962年，《没头脑和不高兴》由上海美术电影制片厂拍成动画片，这使任溶溶的童话更加家喻户晓了。这部美术片与《神笔马良》《大闹天宫》《小猫钓鱼》《猪八戒吃西瓜》等成为中国儿童美术片的经典。

1983年和1984年，任溶溶的童话《大大大和小小小历险记》《小妖精的咒语》又相继发表。小读者通过"小小小奋战大老鼠，力救大大大""大大大从石头缝里救出小小小"等一系列故事，牢牢记住了任爷爷的道理：

> 世界上有大也有小，
> 可别以为小就不重要。
> 大大大的船为什么会沉到水中，
> 只因为他太不注意小洞。
> 大大大一次次遇难成祥，
> 全亏有小小小给他小小的帮忙。
> 世界上有大也有小，
> 可别以为小就不重要。

任溶溶的第一本诗集是《小孩子懂大事情》。这一时期，任溶溶多年的积累终于爆发了，创作的冲动像脱缰的奔马。收录在《小孩子懂大事情》中的《你们说我爸爸是干什么的》，1980年5月荣获第二次全国儿童文艺创作评奖一等奖。《我是翻译家》《我家的特大新闻》《告诉大家一个可以大喊大叫的地方》等，都是他新时期的精品之作。

任溶溶在近几年，还写了小说《土土的故事》，笔记体随笔《浮生五记》，过世前不久依然会翻译一些喜欢的绘本，不时在《新民晚报·夜光杯》副刊发表一些散文。一个作家85岁、90岁、95岁、100岁，还葆有不竭的写作力，不断有新作品出版，这本身就是现实生活中让人惊奇的童话，更是一种力量，给当下的作家，当下的读者，当下的社会，一种极大的生命启迪、生活安慰和希望之光。

《小孩子懂大事情》书影

在任溶溶的心里，儿童文学作家最快活的是"当小孩子很小的时候爱读你的作品，等到他长大后还是觉得你的作品是有艺术价值的，思想是好的，能给他帮助的"。这是一个作家的内心期盼，也是读者给予的莫大奖赏。这样的奖赏，任溶溶经常领受。有一位当年的小读者见到当时80多岁的任溶溶，小读者早已成了老读者，当场背诵了一首任老的童诗，率性的任溶溶竟高兴得掉下泪来。

一辈子的职业是文学编辑

为孩子翻译和创作儿童文学对任溶溶来说是非常自然和快乐

的事情，有一次，他曾认真地说："小朋友，你们不知道吧，其实我的第一份工作是文字和汉语拼音改革工作，我的第一本汉字书是《我们的汉字》。我一辈子的职业是文学编辑，翻译和写作儿童文学，都是我的业余爱好。"任溶溶强调说，"儿童文学工作者"这个头衔最好，最适合他。永远不老的老顽童任溶溶，永远都是和时代走在一起的。接受采访时，他风趣地说："大家都在说中国梦，我做的中国梦就是儿童文学梦。我老了，已经写不出什么作品了，但是相信一代一代的年轻人会继续这项工作，而且会越做越好。"

"我不是个童话里的人物，/ 可连我都莫名其妙：/我这个人忽然可以很大，/ 忽然又会变得很小。"正如中国作家协会主席铁凝在给任溶溶百岁华诞的贺信中所说的那样，任老永远和孩子心心相印。他本身已成为新世纪中国一个闪闪发光的童话！

原载2022年9月29日《中华读书报》

裁一片童心，得一份天真

——《我成了个隐身人》编辑手记

陈力强

《我成了个隐身人》是任溶溶先生最新的一本儿童诗选集，选入了他在80岁以后写的许多新作。现在，任溶溶已经90多岁了，还在坚持每天写儿童诗、写散文、写童话。这样高龄的老作家、老诗人，还童心未泯，还拥有这样丰沛、灵动的想象力、创造力和幽默、好玩的童趣，不能不说是我们儿童文学界美好的奇迹、珍贵的福分。

一段缘分，聆听大师的机智——编辑和作者的约稿交往

和儿童文学泰斗任溶溶第一次相识，是很多缘促成的。起因是为一个幼儿故事杂志去约稿。当时任先生退休年了，还继续在译文出版社一座老派的木结构小楼编一本外国文艺刊物。我们的话题紧紧围绕"幼儿"和"快乐"两个词打开。在和任老的一番交谈中，如沐春风，享受机智的对答，领会清见水底的提示。

对于写幼儿故事，他表示十分的敬畏，他感叹年纪大了，接触人少了，又写得慢，写不动了。但表示心里一直记得写，一有好的

构思，一定把它写出来。

事隔七年之后，一天接到任老师厚厚的一封来信，信里用他那起笔龙飞凤舞、收笔又很有节制的大字写下了一篇叫"土土的鸡鸟"的有趣故事，这个叫土土的孙子，把刚孵出来的小鸡当宠物养，每天领它散步，让它停在肩上、头上表示疼爱。等鸡鸟慢慢大起来，带来不少烦恼。后来家长想个办法把它杀了，给土土补充营养，原想象，土土一定会伤心不行，来个大吵大闹，结果是土土照样吃肉。只是一开始，怕哥哥吃得快多夹了一块，到最后还是让出来给了哥哥。故事充满孩子般的单纯，总是想着乌云密布，最后还是云开雾散，日子照常过着。

这里又体现了任老师的机智：一开始，任老师说年老了，写不出，还真的不是故作谦虚，他是在如实传达为孩子写作，由深入"浅"很难，写作是一件真心难的事，要从孩子的生活中找到灵感和真意，等等。慎重对待创作，悉心破解童心，也许正是幽默儿童文学的奥秘所在。

一次机会，感受大师的幽默盛宴——编辑与作者的编稿交流

和任老师的深入交往，还感谢著名出版人、儿童文学理论家孙建江老师的带领。2009年真是中国童书出版和儿童阅读推广史上的一个里程碑。全民阅读热如火如荼，校园书香节后继有人，孙建江老师耕耘了十年之久的中国幽默儿童文学的大树终于结出了累累果实。

我接手任老师的第一部稿子就是孙老师1998年策划的入选

国家九五规划重点图书的《我是一个可大可小的人》，这部诗集结集了任溶溶从38岁写的第一首诗"我的哥哥聪明透顶"、收入小学课本的名作"爸爸的老师"、在第二届全国儿童文艺评比中评上一等奖的"你们说我爸爸干什么的"等。第一次读到任老师贴着孩子的生活和心理写的这些有名的儿童诗，我像蝴蝶醉入花丛，不能用语言来描写享受一顿幽默大餐的感受。

2011年11月，任溶溶把他2008年以来创作的102首新作交到孙老师手里的时候，我们已经对任溶溶幽默儿童诗有了深刻的体认和感动。六十余年来，任溶溶翻译过世界各国余种童话，改变了中国儿童文学的品位和气质；《没头脑和不高兴》《一个天才杂技演员》《当心你自己身上的小妖精》《笨耗子的故事》《听青蛙爷爷讲故事》等原创童话新作，开创了中国幽默儿童文学创作的现代经典；任溶溶幽默儿童诗创作爆发期正是代表任溶溶儿童文学一个高峰的到来。我们严阵以待做着一件让幽默儿童诗开出的绚烂奇葩传递到孩子们心里的事业。以孙建江老师领衔的策划、文美团队分头做着让姊妹篇尽早问世的行动，不到四个月图文并茂的《我成了个隐身人》上市了。

多家媒体对任老师新作表示关注：重视任溶溶懂得运用"浅语"来描写孩子的心理。童诗中有不少以"土土"为主角演绎"没头脑和不高兴"的新故事：

《是我救了爸爸》是一个小剧本，写爸爸上床陪孩子入睡，先讲一个晚安故事，讲河海里，可怕动物很多。"竟然发生怪事，我们是在船上，爸爸倒先睡着，是我划着双桨。"一路上，遇见鳄鱼，爸爸已睡着，我独自划桨，有我在保护你！"等到早晨醒来，爸爸不在身边，妈妈进房说道，他已经去上班。我心里真高兴，是我救了爸爸。"任溶溶善于抓住孩子在幻想和游戏中自我成长的戏剧性情节，直接描写孩子渴望独立、勇敢、担当的性格和成长的乐趣，"将童趣推向一种极致"。

在这些新创作的儿童诗里，任溶溶实现着对儿童世界越来越了解的愿望。他说他是从儿童过来的，儿童想的他都知道。他认为孩子最需要快乐。快乐能够使孩子健康成长，心理健康。幽默能培养一个人的智慧、淡定，使一个人比较坦然地面对生活中的酸甜苦辣。这本"我到底是大还是小困扰了童年"的诗集《我是一个可大可小的人》集中展现了任溶溶一个时期的思考和抒情。而姊妹篇《我成了个隐身人》则围绕快乐和幽默的力量关爱儿童的成长，把每首儿童诗写成一个个"歌唱的故事"，直接把"我成了个隐身人"作为书名，寓意了这种快乐的力量：

《大楼掉下一个蛋》这首诗描写了一个危险而充满戏剧性的场面，一下子吸引了孩子的注意力：在20层的高楼顶，鸽子妈妈在大叫：

"不好了！不好了！我的宝贝鸽蛋落下去了！"

19、18、17、16、15、14……

蛋嘟噜噜一直往下掉；

13、12、11、10、9、8……

小鸽子怎么出了蛋壳在伸脚？

7、6、5、4、3、2……

1楼小鸽子可没有到——它已经会飞，

飞回楼顶和妈妈拥抱。

这是一首小故事诗,一层一层在推进故事情节的惊险变化,其中"最后一层"是故事充满强烈悬念和对比的结局:故事里的小鸽子出壳、伸脚、起飞,最后飞回楼顶和妈妈拥抱。一个蛋的惊险片极大地满足了孩子心理上的想象和对安全的期待。

一个选择,创造"有意味的没意思"——编辑对作者作品的解读

诗是生活的一种体会,真正安静下来,用心才能感受世界上最奇妙的声音和美好。任溶溶说儿童文学不一定都是笑话,让人哈哈大笑,但是一定要幽默,要让作品的语言很有回味,关键是用孩子的眼光、孩子的心灵,从生活中挖掘出生活片段、生活图景,事情的本来就充满诗意。

1.观察生活、捕捉题材往往喜欢找出独具个性的带有差异性的事物

根据任溶溶的经验,"诗的巧妙构思不是外加的,得在生活中善于捕捉那些巧妙的、可以入诗的东西,写下来就可以成为巧妙的诗,否则冥思苦想也无济于事。"这些巧妙的、可以入诗的东西就是个性、差异性、戏剧性的事物和情节。

《小锡兵的故事》是一首故事诗,写的就是他自己的孙子和一盒小锡兵玩具的真实故事:一个小男孩,带着一盒小锡兵去了加拿大,可是,他不知道这盒小锡兵中的一员,被他落在沙发缝中,从此留在了中国。戏剧性的"一次分别"就给故事在两地的发

展留下了想象的空间。

2.在戏剧性的情节中找到有意味的形式

根据儿童心理学的研究发现，幼儿期许多记忆的东西到其逻辑能力生成时容易被置换、遗忘、变成没有具体逻辑意义的事物，但是幼年时形成的儿童想象力，与想象力有关的审美习惯等，都将作为一种思维结构或形式，保留到他们成年后成为一种"有意味的形式"。

当儿童读到诗中的想象时，当这种想象与他的思维暗合，当他窃喜或狂喜时，这种快乐的心理，对他来说，也就是美感，是儿童独有的审美特征。

任溶溶提出"让他们自己看、自己想"的"接受美学"表明：每一部成功的作品都可以赢得儿童和成年人的双重青睐，但成人和孩子的理解视角和期待视野是根本不同的。当成年人看这些优秀的儿童文学作品时，仿佛回到了自己的童年，或者好像从日常生活中发现它、找到它。而对孩子来说，他们更喜欢通过既现实又非现实的故事（nonsense，有意味的没意思的形式）来遥想未来。过去我们习惯于在儿童文学作品中以大人的口吻，告诉儿童应该怎么做。任溶溶总结说，"儿童文学不能只写要儿童做什么，同时也要写儿童要做什么，这才是全面的儿童文学。"

在不止一个场所，任溶溶宣称儿童诗是自己最钟爱的文体，直到现在任溶溶仍然在进行儿童诗创作。《我成了个隐身人》出版、获奖以来，又一部收录他2013年以来最新创作的68首儿童诗集《你来到了这个世界》正等待付印。从任溶溶幽默儿童诗创作的优势品牌入手，我们将继续丰富"中国幽默儿童文学创作系列任溶溶系列"的原创成就，多层次展现任溶溶幽默儿童诗创作魅力，让一代代中国读者从任溶溶的笔下得到美丽的故事和难忘的童年。

任溶溶的笔记体散文

殷健灵

任溶溶先生的八卷文集（《任溶溶文集》，浙江少年儿童出版社2023年2月第1版）中，散文卷占了四卷。收入其中的散文，最早的是1953年3月出版的《古丽亚的道路》"译者的话"；最后一篇，则是发表于新民晚报"夜光杯"2021年12月20日的《谢谢姜椿芳先生》。实际上，任先生一生中发表的最后文字，是他去世当天（2022年9月22日）同样见于"夜光杯"的四篇百字小品《早期电台》《第一次看谭元寿唱戏》《还敌产事》以及《过年了》。

任先生发表的大量散文，多半可归于笔记体散文。中国有着笔记体散文的传统，《世说新语》和《容斋随笔》是最为著名的两部，这样的文体要求作者意兴所至，笔亦随之，无所不写，亦庄亦谐；作者的学问、见识，往往从不经意处表现出来。写笔记体文学最适合见多识广的"杂家"，如此风格与任溶溶先生的经历与心性实在是再吻合不过。

任先生跨越人生百年，出身优渥，从小接受的是西式教育，经历过战乱，参加过革命，当过新四军，参与过新中国的语言文字改革，经历"文革"，曾是全国政协委员，当过译文出版社的副总编辑，交游甚广，兴趣广泛，又是翻译大家和著述颇丰的儿童文学家。他的创作生命开始于青年时期，终止在生命最后一刻，不得不说，他的一生活得生机勃勃、有滋有味。这样的人写笔记体散文定是浑然天成、水到渠成的。

近二十年来，我有幸作为任先生的随笔编辑，在《新民晚报》副刊"夜光杯"编发了他的数百篇文章（大多被收入文集中），这些文字精短干净、平

《浮生五记——任溶溶看到的世界》书影

白随意、直截了当，不枝不蔓，灵活轻松，信手成文，且涉及领域甚广……读其文，如见其人，和他创作的童话、童诗等其他文体相比，更见本真心性。读任先生的笔记体散文，犹如透过万花筒，纵览时间长河、风云变幻、人情百态，领略生活艺术之情趣，实在是一件快意之事。

任先生的笔记体散文主要表现为以下三个特点：

一、无所不包的取材

任先生写的是这一生的所见所闻：童年轶事、故友亲朋、文坛戏坛、美食文化、生活记趣、往事烟云……这些文章长不过千

字，短的只有几十个字。他走过一个世纪，不仅是杰出的儿童文学翻译家和作家，更是一位阅历丰富的历史见证者，加之生性乐观而富情趣，无论成就多高，却从不拿捏架子，从不自以为是，已故的文学评论家刘绪源先生评论他，每每"偶一闲聊，必生佳趣；信笔写下，即成掌故"。

惊异于任老先生的记忆力，那些过往的细节穿越了时间，变得如同身边发生的这般真实可感。他写自己同郭绍虞、林汉达、陈伯吹、草婴、贺宜、乐小英等师友的交往，写自己翻译生涯中的心得和趣味，写亲眼所见的梅兰芳、谭元寿，写他喜欢的电影、音乐和戏剧，写亲历的历史事件，写周游各地的见闻……最喜爱读的，是他的"品食记味"，美食文章在他的文章中占了很大的比重。任溶溶先生是广东人，本身就是一位美食家，他对吃的喜好，不亚于对儿童文学的热爱。他的美食文章，不摆噱头，如实道来，却说得活色生香。因阅历丰富，他的美食随笔记的不单是食物，更有美食的门道和它们的前世今生。

同是一家"小绍兴"，他20世纪60年代初吃的却是它的炸排骨，那是小绍兴的前世，至于白斩鸡和鸡粥，则是它的今生。他写美食，还有与美食相关的众生相：40年代初亚洲西菜社里周到体贴的山东大汉服务员，"文革"后不久全聚德烤鸭店里抬头翻眼的大姑娘服务员，和他在饭馆里拼桌子的电影明星，曾给宣统皇帝做点心、困难时期却只能用玉米面做面包的老师傅……品的是食物，悟的却是人生世相。

任老的笔记体散文有着极大的信息量、涵盖度，因体例短小，虽是浮光掠影，但他常常是一而再、再而三地叙写同一话题，并做相应丰富和生发，如此，集中读这些文字，确乎有纷披杂出、光怪陆离的奇妙感觉。

二、简单有味的语言

任先生的笔记体散文文笔朴素极简，好似唠家常的大白话，但在这大白话里，却能体会到炉火纯青的老辣脱俗。用"简要"和"平易"形容他的语言恐怕是合适的。"简要"不等于"简单"和"苍白"，"平易"也不等于淡如白开水。他写人多用白描，记事也三言两语，却不显得单薄，支撑"简要"和"平易"的是背后丰厚的人生和广博的见识。

比如，他写单车，短短几百字，先说原本是广东话叫单车，上海话叫脚踏车，普通话叫自行车，但现在却都流行叫"单车"，字面释义是"单人骑乘"之意。然后笔锋一转叙往事，1938年初到上海，让他印象深刻的是他的同学（即大翻译家草婴）就有一辆英国产的单车，此时正是敌伪时期，于是他初始也买了一辆日本产的，但日本单车过于矮小，又换了英国产的，然后写到骑单车游历旧上海。到了最后，寥寥几笔又连接上了今日之共享单车，让当下读者倍感亲切。又比如《罗宋汤》，区区一两百字，便写出了罗宋汤的来历，老上海主营罗宋汤的店家，那些店家的变迁，妈妈的厨艺和儿媳妇的厨艺，他自己偏爱的则是牛肉饼上放荷包蛋的罗宋菜。这样内涵丰富的美食笔记在他的笔记体散文中比比皆是。

任先生行文大多轻松，却时有不经意的深情之笔，即便深情，一样写得平白朴素。如《我也有个好妈妈》，文章写道：他虽已是七旬老翁，但妈妈还健在。有妈妈在，老翁也是妈妈的亲宝贝。年轻时，妈妈会提醒他的朋友，"你们别这么称赞他，他会翘尾巴的"；正因知道妈妈爱他，他才会在委屈时把妈妈当作出气筒，"我一辈子里，唯一能对之发脾气的人就只有妈妈"。然而，发了脾气，却会一辈子对妈妈感到抱歉。"文革"时期，受了批判，劳动半夜回家，总会有妈妈在厨房里等他。早已成年了，妈妈还会在深夜里，做了冬菇炖甲鱼来给儿子做宵夜。"妈妈不吃，坐在旁边看我吃"。妈妈98岁时去世，之前最不放心的就是儿子的吃饭问题。为了让妈妈放心，儿子在70岁时学会了烧菜。任老写这些，没有抒情与煽情，仍旧是老老实实的大白话。读的人，却会在心头暗暗流泪。

三、珍贵的史料价值

早在任溶溶先生壮年时，曾有人建议他出一本随笔集，只是苦于当时忙于编辑和翻译，无暇无心。进入耄耋之年了，腿脚不再有力，但思绪依然敏捷，可带他去四处巡游。他想到什么写什么，信笔由缰，而他写下的都是自己的记忆，同时也是一部过往的历史珍藏。

阅历丰富加之极好的记忆力，任先生本身便是一本活字典。我在写以旧上海为背景的历史题材儿童小说时，多次向任老请教，他还原旧上海的风貌如数家珍，记忆精准。写笔记体散文更是如此，他所记录的，不仅是他所经历的时代，那些早已逝去的烟云世事，早已消失了的人物，还有淡出时间的风俗、美食、街区、建筑……但他又不是单纯怀旧，常与当下结合，使得他的笔记体文字亲切平和、雅俗共赏，从中可以窥见各种鲜为人知的掌故，既是让读者喜闻乐见的史料钩沉，也充满了他个人饶有趣味的思考和发现。

任溶溶先生的笔记体文字轻松好读，这自然和他的性情有关，他一向喜欢喜剧，不喜欢哭哭啼啼的悲剧；当然，也和他毕生从事的儿童文学写作和翻译有关。在我看来，任先生是最懂儿童天性，且把儿童性保持得最好的前辈作家之一，是他身体里那个永远的孩童成就了他一生的传奇，他把这种特点带到了散文和随笔中，而他创造的传奇也将在译著和儿童文学创作之外的大量精短文字里流传。

原载 2023年5月28日《新民晚报》

任溶溶的故事

刘绪源

　　20世纪80年代初，也就是将近三十年前吧，中国开始重新走向世界。那时中外文化交流还不太多，有个日本方面的儿童文学代表团到上海，我们都去作家协会听会。一位日本专家在发言时，提到一串作家和作品的名字，其中一个，翻译忽然疙疙瘩瘩翻不出来了，下面坐得满满的听众中有个宽厚动听但不甚圆润的嗓音爆出来："卡洛尔！英国作家，就是写《阿丽丝漫游奇境记》的……"日文翻译红着脸，连说"对对对"，大会又继续下去。那天我和陈丹燕坐在一起，我们都转头去人堆里找那人，周围响起一片耳语声："任溶溶！""是任溶溶……"我们相视一笑，心里充满钦佩。因为任溶溶正是我们最喜欢的作家、翻译家。

　　在中国文坛上，翻译儿童文学作品，最拔尖的，就是任溶溶了。他不仅量多，品种多，而且质量奇高，几乎每篇出自他译笔的作品，都充满童趣，一念了开头，就有一种生机勃勃的感觉朝你扑过来，让你欲罢而不能。所以，对他的喜爱，是自发的，挡也挡不住，是从童年起就确立了的。在名气上，能与他比肩的，大概也只有翻过安徒生全集的老作家叶君健了。在20世纪五六十年代，他主要翻译苏联儿童文学，熟练使用的语言是英语和俄语。后来，"文革"开始了，他和无数中国知识分子一样受到迫害，不能再从事翻译工作了，这时他就抓紧时间，偷偷学其他外语，他的日语就是在遭受批斗和监督劳动的日子里学成的。以后，他还自学意大利语，到"文革"结束，他居然能从意大利文直接翻译《木偶奇遇记》了！他学过多种语言，甚至还接触过瑞典文，翻译林格伦作品时，他主要靠英语转译，但因为这些作品太重要，他又找来瑞典文原版，认认真真校核了一遍。除此之外，他还精通世界语，早在抗日战争时，他积极参加左翼文化人发起的文字改革运动，成了一名年轻的中坚分子。他的语言天分也体现在纯熟运用方言和普通话上。他是广东人，却能克服一般广东人说普通话时的发音弱点，能把每个字都咬得极其标准，但缺点是太用力了，致使每个单音之间都留有极细微的间隔，听上去声音的"粒子"有一点粗。他经常拿家乡的方言和普通话作比较，从中发现语言的秘密。对于民间或香港电影里的"搞掂""无厘头"那一类词汇，他也都能探源寻流作出自己的解释。

　　要说任溶溶的翻译成就，只要提一些世界儿童文学史上的名家名著，就能一目了然。他译过俄罗斯伟大作家普希金的童话诗，译过苏联诗人马雅可夫斯基、楚科夫斯基、马尔夏克、巴尔托的儿童诗，译过苏联优秀儿童文学作家盖达尔的《铁木尔和他的队伍》，译过风靡中国读书界的《古丽雅的道路》，也译过意大利古典作家科罗狄的《木偶奇遇记》和当代作家罗大里的《洋葱头历险记》《假话国历险记》，他译过英国作家米尔恩的"小熊维尼"系列和特拉弗斯的"玛丽·波平斯"系列，译过刚去世不久的英国作家达尔的《女巫》及《查理和巧克力工厂》，他译过巴利的《彼得·潘》，译过美国作家怀特的《夏洛的网》《吹小号的天鹅》《精灵鼠小弟》，还译过瑞典最伟大的作家林格伦的《小飞人》三部曲、《长袜子皮皮》三部曲……

上面所举的作品，就任溶溶的全部译作来说，恐怕只是九牛一毛。然而，还是会有许多读者看了这份书单就惊喜难抑，因为，自己曾经读过喜爱过的作品，有那么多，竟是出于同一位翻译家之手！

这里特别要提一提他译林格伦的事。林格伦笔下的皮皮小姐，绝不是那种传统的正面的儿童形象，她是一位力大无穷、爱吹牛、喜欢恶作剧的女孩子，她做的事因违背大人意愿总是被称为"坏事"，但孩子们却因她的行为而欣喜兴奋不已。20世纪80年代初，任溶溶一气翻译了林格伦的八部作品，其中包括了《长袜子皮皮》和《小飞人》，中国读者开始用惊异的目光打量这些全新的作品。当时大家的思想还不是很解放，出版社大概是最为难的，一方面知道它们有极大的吸引力，一方面又怕它们被定为坏书而挨批。最早印行林格伦作品的湖南人民出版社就曾在《小飞人》的出版说明中写道："这套书共有三本……书中的小飞人做了许多奇事、好事……"这分明是要把狂野不羁的小飞人和中国读者所能接受的好孩子形象硬扯到一起，而不敢承认这里其实有一种观念的冲突。好在那时的时代气氛是积极开放的，在孩子们的一片叫好声中，中国的儿童文学界和理论界也终于正视她的这些奇书了。人们在研究中发现，像小飞人卡尔松那样的人物，其实是欧洲文学中有着悠久传统的"流浪汉"形象的延伸，他没有家庭，独自一人住在屋顶上，无拘无束，自得其乐，爱怎么样就怎么样。对于小说中另一个主人公——处处受到父母、学校、保姆以及哥哥姐姐们管束，一举一动都要听从大人旨意的"小家伙"来说，卡尔松这样的野孩子实在太令人羡慕了。尽管卡尔松常骂他"草包"，抢他的东西吃，弄坏了他的蒸汽机，好几次骗了他，还把脏活累活都推给他干……但卡尔松带给他的乐趣远远超过了这一切，当卡尔松带着他到处乱飞时，他也在一定程度上进入了这个久已渴望的自由自在的天地。当然，完全放任孩子自由发展是行不通的，成人不厌其烦的管束正是为了孩子安全而稳步地成长，林格伦很明白这一点。所以她将小家伙的家庭，尤其是他和母亲的关系，写得非常温馨；甚至，快乐的卡尔松有时也会暗暗渴望能受人照顾，能拥有像小家伙那样的家庭生活。这在很大程度上启发了中国的儿童文学工作者：渴望母爱与家庭（乃至社会）的温暖，与渴望冲破束缚张扬自由的天性，这正是儿童文学的两大永恒的母题。林格伦的作品，包括《长袜子皮皮》和《小飞人》，都贯穿着这两个母题，而我们中国的儿童文学长期以来唯有前者却没有后者！是林格伦的这些作品打开了我们的眼界。是谁把林格伦带到中国来的呢？还是这位任溶溶！任溶溶在"文革"后放开眼界，以历届"国际安徒生奖"获奖作品为线索，大量翻译西方优秀儿童文学，林格伦是他选中的第一家。所以，今天，我们完全可以说，正是任溶溶和林格伦等西方作家联手，改变了中国的儿童文学。

　　任溶溶是一位非常有趣的人物，他身上的故事可多了！他本来叫任以奇，他的女儿叫任溶溶，可他发表作品时，觉得这是给孩子看的，署个孩子的名字更好，于是就署了"任溶溶"。结果"任溶溶"的名气越来越大，想改也改不回来了，所以，他家里有两个任溶溶，收信、接电话常常弄错。他不仅是翻译家，还是中国最优秀的童诗和童话作家之一，他写了一部极为精彩的童话《没头脑和不高兴》，在中国几乎无人不知，孩子们更是喜欢。有一次在公交车上，一个小孩硬要讲故事给大家听，可是一边讲一边笑，结果谁也没听懂他讲的什么，但还是有一个人懂了，那就是任溶溶，因为从这断断续续的语句和不时蹦出的笑点中，他听清了，小孩讲的就是《没头脑和不高兴》！任溶溶很好吃，是有名的美食家，虽然稿费多多，但家里不存钱，一有钱就带全家出去吃，或者请朋友吃，到了"文革"中，"红卫兵"上门抄家，本以为他有万贯家财，不料只抄到一张存折，里边只有十几块钱。他从不看病，成天乐呵呵，现在87岁了，还是不知"老之已至"，前不久他病了一场，家人把他送进医院，打开病历卡，医生惊呆了：这么大年纪的人，卡里竟然空空如也……

　　他的故事太多了，本文已经超出原定篇幅，赶紧打住。对他的故事有兴趣的朋友，去找他的书来看吧！从他的文字中，你一定能领会那智慧与天性之美。

　　哦对，他身体已经康复，现仍笔耕不辍。注意一下最近的报纸，你一定能读到他的新作。这里发表的三首诗，也是他的新作之一，它们写出了一位翻译大家的切身体验。

原载《少年文艺》（上海）2011年第1期

任溶溶的一个世纪

秦文君

任溶溶是我认识的老先生中少有的幽默派，越老越洒脱，越富有童心。87岁高龄时，他打趣说："都说人生是绕一个大圈，到老年后会变得和孩子一样。我不赞成'返老还童'的说法，因为我跟小朋友从来没有离开过。"

年过九旬，我听他提及："米老鼠比我小不了几岁，我只比米老鼠大几岁而已。"

2022年9月22日晨，任老在睡梦中静静离去，以100岁高龄仙逝。追悼会定于9月25日在上海龙华殡仪馆举办，仅限亲属参加。我和女儿紫裳托长期陪护任老的任公子荣炼代办一个花篮，挽联一时也想不出新颖的，以"文华留千古，高风昭后人"作为哀悼，心里被悲伤和不舍堵着，可是又能怎样。

任老不喜欢黯然神伤，他是一个可大可小的人。

说他大，是指他的文学造诣和文化光辉，著作等身，心胸豁达，智慧大，境界高。说他小，是他的童心和纯粹所决定，他爱好玩的事，花100年在大千世界洒脱地为所爱的事业走一回，他注定不喜欢人潮涌动的追悼会。

任溶溶先生

　　记得五年前，浙江少年儿童出版社和上海文联联合召开任溶溶作品研讨会，任老本人没有出来，说是身体原因，估计也怕兴师动众，劳烦朋友，怕有人说好话，怕热闹之后骤然的寂寥。

　　我相信任老只要一息尚存，生命犹在，依然不让人说自己是"返老还童"，依旧会和可爱的米老鼠一比大小，他爱一切有意思的、新鲜的事物，喜欢自由自在。这样洒脱的人，千万人中找不到一个。

　　20世纪80年代，我刚跻身青年作家之列，在少年儿童出版社旗下的《少年文艺》杂志任编辑，就在编辑部的大办公室里认识了任老。

　　当时《少年文艺》编辑部气象万千，每天的读者自发来稿铺天盖地，编务必须把稿件压得结结实实，一麻袋一麻袋按日期码起来。那时节是杂志的鼎盛期，编辑部仿佛一个艺术沙龙，往来无白丁，大师名流常来喝茶、聊天。

任溶溶先生经常到访编辑部，他曾在这家出版社工作多年，成名作《没头脑和不高兴》也在《少年文艺》1956年第二期上首发，这里算他的"娘家"，他来这里也算是熟门熟路。

结识任老使我惊喜，他是我敬佩的作家之一。我念小学时看过任老作品改编的美术影片《没头脑和不高兴》，在那个年代，中国小孩接触到的人文关怀是狭窄而有限的，这成了我童年里的一抹亮丽的色彩。

和任老认识后，凡听到他的"名人轶事"，会记得格外上心。任老原名任根鎏，广东鹤山人，1923年5月19日出生于上海虹口。1940年10月，热血青年的他到苏北参加新四军，出发那天正值10月17日，为防止家人来部队找他回家，他依照日期改名叫"史以奇"，后来领导说："姓别改，就叫任以奇吧。"他在新四军大半年，后因身体原因离开部队，在上海参与地下工作。

中华人民共和国成立后，任老长期在少年儿童出版社任编辑、编辑部主任，后来才调到上海译文出版社任编审，他既是翻译家，又是具有国际声望的儿童文学大家。

在文学界，任溶溶这三个字如雷贯耳，那是他的笔名，但比他身份证上的真名响亮多了。他笔名的来源好玩又随性，当年任老在一次翻译童话后，顺手将女儿任溶溶的名字署为了笔名。

也许任老觉得有趣，也许他觉得无妨，反正他从此将这个笔名留下来，让这名字载入儿童文学史册。

任老自20世纪40年代开始儿童文学的翻译，后来开始创作，在长达七八十年的写作生涯中，他创作出一大批脍炙人口的童话作品，风格自然、亲切、风趣、幽默的《没头脑和不高兴》《一个天才杂技演员》，童诗《爸爸的老师》《你们说我爸爸是干什么的》等，他努力创作优质的文学作品，故事里蕴藏着爱和智慧、对世界的见识，影响了整整几代中国儿童的成长。

特别可贵的是任老翻译外国儿童文学作品，译作洋洋大观，无比浩瀚。他能用俄、英、意、日四种语言翻译，我印象特别深的译作有普希金童话诗，马雅可夫斯基、马尔夏克等人的儿童诗，以及《夏洛的网》《彼得·潘》《柳树间的风》《随风而来的玛丽·波平斯阿姨》《玛丽·波平斯阿姨回来了》，还有芬兰童话《魔法师的帽子》，瑞典童话《长袜子皮皮》《小飞人》等，任老从意大利文译过来的《木偶奇遇记》，流传很广。

广大的中国孩子、家长、老师，同行的儿童文学作家从任溶溶大量译作中了解到世界上有那么多的著名作家和著名的作品，并通过他译介的优秀作品得到新颖别致的借鉴，可贵的文学视野，人文境界。

任老在儿童文学领域的重要贡献，有口皆碑。2006年他荣获陈伯吹儿童文学奖杰出贡献奖，2009年被授予"资深翻译出版人纪念牌"。任老谦虚地说："我惊讶自己翻译了那么多书，不过我翻译的是很薄的儿童读物，人家的一本书，我可以变100本。"

儿童文学作家、翻译家的职业，看上去轻松，有乐趣，仿佛只是将好玩的故事、优美的诗意、奇妙的想象糅合在一起，顺手拈来，看着出版社将它们变成活泼的书。其实，真可谓外行看热闹，内行看门道，儿童文学不是小儿科，这一行门道深，要挺拔地立足于繁茂的文学之林，是不易的。儿童文学家应该是文学家，要有很高的文学修养。翻译也是这样，要有文学造诣和艺术悟性。

任老作为一个真正的大作家和大翻译家，内心怀有无形的责任、文化情怀和高度的自觉，他坚守文学的珍贵，为抵达艺术的高度，他一生都在不断学习，超越自我。

何况，任老的译稿总字数逾千万字，真正的著作等身。

可以想象多少个夜晚，任老将自己封闭在小屋子里，面对一面墙，孜孜不倦地写作，不论寒冬和酷暑。他深深沉醉于对文学的无限痴迷中，沉浸在他对儿童文学的无尽的热爱里，不然怎么解释一个人从青年一直到耄耋老人，连续七八十年抵抗了寂寞和惰性，抵抗着无数诱惑，专门孜孜不倦地做这一件事。

任老自小爱读书，5岁进私塾，识了许多字，爱看小人书和连环画。进小学念一年级的时候，他已会用文言作文，读旧式章回小说。小学三四年级，他读到开明书店出版的儿童读物，如叶圣陶的《稻草人》《文心》，还有翻译的《木偶奇遇记》《宝岛》等，感觉读到心里去了，这在他心里种下了对书的情感。

抗战爆发后，任溶溶在英国人在上海开办的雷士德中学学习，高年级同学里有地下党员，介绍他读进步书籍，其中有刚出版的《鲁迅全集》，他深受影响。

任老饱览了中外语言学书籍及古典文学作品，也爱上苏联文学和外国文学，他的英语是在学校学的，俄语是请俄罗斯人到家里教的。

1946年，任老看到英文版《国际文学》上刊登的土耳其小说《黏土做成的炸肉片》，便将这一篇外国儿童小说翻译出来，虽说是碰巧，但想不到从此与儿童文学结下不解之缘。不久，任老的一位大学同学去儿童书局编《儿童故事》，急需找人翻译作品，跑来找到他，任老乐呵呵地帮着翻译了。

之后任老经常去英国人开的一家书店找资料，看到迪士尼出的书，真心喜欢，买回来陆续翻译，从此一头栽进去了——他不仅把约定的翻译稿子投给《儿童故事》杂志，还自译、自编、自费出版10多本儿童读物，如《小鹿斑比》《小熊邦果》《小飞象》《小兔顿拍》《快乐谷》《彼得和狼》，基本都译自迪士尼的英文原著。

翻译的外国优秀儿童文学作品越来越多，他渐渐领悟到优秀的作家怎样从丰富的生活中找到灵感，体会其中的妙处，不知不觉一个想法冒出来：为什么我不能把生活中的感受写出来呢？他用一个小本子记下生动的故事和各种奇思妙想，小本子上的记载越来越丰富了，他便毫不犹豫地开始了儿童诗、小说的创作。

持之以恒，逐步推进，他创作出《我的哥哥聪明透顶》《爸爸的老师》等一大批儿童诗，1956年，他创作了至今使人津津乐道的《没头脑和不高兴》，一举成名，但他依旧忘不掉自己的初衷：将世界各国好的儿童文学作品翻译到中国来。

他的翻译不是照搬，更不是依葫芦画瓢，而是再创作。对于译文，中国的翻译界一直在谈论"信达雅"问题。任老认为这是个重要的问题，他的译作在文字上下了大功夫，译文既忠于原作的精神风格，又朗朗上口，奇妙可爱。他试图努力把原作中作者说的外国话用中国话说出来，但求"信"，这个信的含义是原文。"雅"，他也雅，原文不"雅"，有时原作者要小读者懂他浅显的儿话，那翻译的时候也尽量做到"达"。在任老看来，译者像个演员，要揣摩不同作者的风格，善于用中文表达出来，好比代替外国人用中国话讲他要讲的故事，YES就是YES，NO就是NO，不仅原作是怎样就翻译成怎样，尽力还原，而且要体现故事、文笔里应有的玄妙。

任老在这方面做到炉火纯青。一次在儿童文学笔会后，我们一起用午餐，任老说起他想去一趟邮局，将新完成的译稿寄给出版社。我问他底稿留好没有，他说没有。我说一定要记得寄挂号。他说不用的，他每次都是按平信邮的。

千辛万苦翻译出一部作品，不留底稿，呼啦一下寄走了，听起来不可思议。我捏着一把汗，暗想：万一寄丢了，又没有底稿可怎么办？

任老看出我的顾虑，眉毛一扬，说："寄丢了的话，大不了我再译一次，保证译出来的是一样的。"

我听后心中震动，这样的功夫还了得。任老翻译如此走心，一行行的译文仿佛是镌刻在他心上，在灵魂里。

任老一生异常努力，艰难、恶劣的环境难以阻挡他朝着理想前行。1995年我调到《儿童文学选刊》担任副主编，要在封二刊登整版任老的照片。任老寄来他的童年照片，伏案写作的照片，还有一张是他六七十年代在干校当"猪倌"的照片。我觉得不可思议，去电话询问。任老特意强调当猪倌的照片对于他很重要，当年去"五七干校"，他被分配在饲养场养猪，当时和他搭班的是著名电影演员孙道临。养猪是很多人嫌弃的工作，但他欣然接受，大夏天和孙道临两个光着膀子清洗猪圈，晒得黢黑。

因为养猪场就三两个人，离开营地比较远，不用每天和大队人马一块学习，每天喂猪吃食时忙一阵，其余时候空闲，他利用这空余夜以继日地自学意大利语和日语。隔了不几年，他就能翻译意大利文的《木偶奇遇记》以及优秀的日本儿童文学。电话里他还笑声朗朗地谈自己是"因祸得福"。

任老70多岁时，特意又花上一年多的时间，重译了《安徒生童话全集》，由丹麦首相哈斯穆斯亲自授权。他翻译安徒生童话全集，有高度认可安徒生的因素，安徒生是一个悲天悯人的人，吃了许多苦，尝遍人生的炎凉，心里依旧有光芒，写下很多作品，成了世界级的文学大师。

任老认为安徒生从小听了很多民间故事，所以创作的童话跟传统的民间故事关系密切，比如《皇帝的新装》就是从西班牙的民间故事改编过来的。

翻译这些篇章时，任老尽量用口语，不文绉绉，而是讲普通的大白话，目的是尽量接近民间故事的面貌，让小孩子一看就懂。

功成名就的任老从不会悠着点，80多岁的时候还常去百佳超市，去看进口食品，为的是翻译到外国儿童文学作品对于食品的描写，可以对应起来，翻译得更为传神。

近100岁时，任老戴上了氧气面罩，但还每天坚持写作，写出一篇篇脍炙人口的随笔和散文。

有才华、爱生活、坦荡、睿智的任老，还这么努力呢。他在文坛的声望和贡献，是凭借无数看得见或看不见的奋斗获得的，他是用心耕耘的人、自律的人、聪明的人、坚定的人，始终为了他所热爱的儿童文学事业。

任老写过《没头脑和不高兴》，也曾多次自嘲自己有时就是"没头脑"。其实不然，任老在大事上理性，是极有抱负和使命感的人，只在小事上宽容、随意。

任老在自述里提到，他从小就是一个大快活的人。念小学时，同学给他一个绰号，叫"大班"。后来学了英文，他了解到"大班"是英译，这英文词的意思是派头很大，什么都无所谓。他恍然大悟，同学们都觉得他这个人什么都不在乎，大大咧咧的。

反正自我认识任老以来，好多次看到任老穿着格子的绒布衬衣，颜色很靓，跑到出版社来参加活动，就是老顽童，乐天派，他说话率真，风趣，笑声朗朗，让周围人也高高兴兴的。他跟文学晚辈都合得拢，安然、低调，毫不矫饰，是性情中人。

大家都喜欢任老，和他无拘无束，嘻嘻哈哈。后来我女儿戴萦袅长大了，她也喜欢任老师的书，特别是任老翻译的芬兰童话《魔法师的帽子》，书里呈现一个清新、纯净的北欧童话世界，人物译名也有趣：小木民矮子精、小嗅嗅、小吸吸、某甲、某乙……她还喜欢任老的译作《随风而来的玛丽阿姨》，神奇保姆玛丽阿姨乘东风而来，又随西风而去，把班克斯家的孩子们带上奇幻之旅。

任老听说后，特别高兴，每次出版了新书后就寄来了，戴萦袅10岁时幸运地收到任老给她邮寄的一本译作《邮递员的童话》。他在扉页题上她的名字。如今回想起来，感觉戴萦袅走上儿童文学创作和翻译道路，任老是冥冥之中的引路人。

再后来，戴萦袅也成为一名作家，成为了中国作协会员，出版了《微观红楼梦》以及人气童书《小熊包子》等200万字的作品。

2019年8月，经上海作家协会儿童文学委员会牵头，96岁高龄的任溶溶与31岁的戴萦袅结对子，来了一场主题为"没头脑和不高兴"的他遇到了"小熊包子"的她的文学对谈，《文学报》用一个整版的篇幅刊登这一老一少的对谈。

2019年9月，任老给戴萦袅创作的新书《小熊包子》题词，特意写上：小朋友长大了，她写出了小朋友们都会喜欢的《小熊包子》。一代一代小朋友长大，又写出给一代一代小朋友看的好玩儿童书。那天任老戴着氧气面罩，却不忘反复叮嘱戴萦袅要多写一些。

任老愿意和一个比他小65岁的"小朋友"对谈，体现任老的"可大可小"，他与年轻人打成一片，因为他有大师的宽阔胸怀，对青年作家们寄予无限的厚望。

生活里的任老，还是一个高级别的美食家，他知道我爱美食，也会透露给我，哪家超市出售的瓶装鹅肝好，买的鳝鱼丝回到家如何烹调，怎么搭配调料；他还会谈及他喜欢到哪里吃早餐，哪家的午餐好吃，有一次他把一家不错的饭店名写在纸条上递给我。

有一次我特意找了几个同事，一起去任老点赞的餐厅打卡，想象着任老是如何在这里度过美好的餐桌时光。我们惊喜地发现任老推荐的焖肉面有特色，推荐的咖啡套餐价格亲民，任老真是很会找餐厅。

2008年春季，我去泰兴路找任老商谈主编幼儿读本，他有点惘然地说，有风声传来，泰兴路的老房子要拆迁。我说拆迁不错，有了大房子，可将您的作品摆一面墙。想不到任老叹口气，摇头说:"我在老窝里写作了几十年,都习惯了。"

据说任老还找到他的发小兼好友、翻译家草婴倾诉,吐槽自己不想拆迁,忍不住大皱眉头。他恋旧、重情,对老房子寄予了太多的情感。尽管他常年写作、生活的一楼不算舒适,房子不大,一头通往厨房,有一扇通往小花园的门,采光不明亮,屋里陈设简单,一张桌子,一张床,当时那一张3尺半的床上,一半堆满了书,估计连翻身也难。

但任老并不向往去住现代的大房子,安于在"老窝"写作,面对旧旧的墙壁,一盏孤灯,他还得意地和我们调侃说:"我晚上写作不寂寞,有情人陪,我的情人就是一支支香烟。"

很庆幸,任老的房子至今没有拆迁,晚年的他得以一直守在安逸的、让他心安的老宅里。

还有一次,任老破费请我们吃大餐,那次是香港儿童文学会的会长潘明珠到沪,约我和她一起与任老在上海杏花楼喝茶、用餐。那天任老来得最早,自告奋勇点菜,他想也没想就点了精华的广帮叉烧、醋泡猪脚,还有虾饺、萝卜糕等一大桌广式点心。吃了一会,我去柜台想把账结掉,结果收银员说任老特意提前结了账。任老是这家坐落在福州路的老饭店的常客,他来出版社办事,会在这里停留、用餐。

回家后,我在网上买了一份任老喜欢的广东餐厅的套餐,随时可以去吃,半年内有效,将提货券邮寄过去,不久遇见任老,他说我太客气,约了下次再聚。

后来,没有下次了。任老生病了,坐了轮椅后他不愿出来,后来戴萦袅去任老爱吃的餐厅打包了美食到他家,可此时的任老已不能正常品尝美食了，让人心里一阵难过。

2021年3月，有朋友传来消息，说任老身体欠佳，不想吃东西，我忙和任公子荣炼通电话。大概相隔了一两天，任老送给我一份意外惊喜，他写了纸条，用粗大的笔画写的："秦文君的书——上海作家秦文君，她写男生和女生，孩子读到她的书，就会跑进书当中。"

我感恩年迈的任老对我真挚的鼓励和对我作品《男生贾里》《女生贾梅》的厚爱，他永远是那么周到和绅士，对后辈作家怀有一片拳拳的关爱。

任老大气而坦荡，他说过："我的性格深刻不了，干别的工作不会像做儿童文学工作那样称心如意。或许很多人会说悲剧可能更接近现实，但那不关我的事，我希望团圆。尤其是给孩子看的书，还是让美好多一些吧。"

他还说："我认为儿童文学作家最快活的是，当小孩子很小的时候爱读你的作品，但是小孩子都要长大的，等到他长大后，还是觉得你的作品是有艺术价值的，思想是好的，能给他帮助的，这才好。我认为做儿童文学作家，一定要做这样的儿童文学作家。"

任老做到了，超额了，他是天生的儿童文学作家，生活中寻常不过的事，任老可以感受到其中的雅，以及拨开云雾看到新奇的快乐，这是他的天性所致，也是他后天练就的通达。

上海有任老这样一位大师存在，是上海儿童文学界的光荣与自豪。现在任老永远地离去了，我们非常不舍。唯一安慰的是最爱自由自在的他没有遭受更多的苦痛，是在睡梦中安然离世的，任老用一个世纪，潇洒地完成了对儿童文学的大使命。

任老是百年中国儿童文学中的智者和强者，他以他的艺术才华和无限热情，创作的光芒照耀着千万后来者。

原载《世纪》2022年第6期

任溶溶和我们这个时代

孙建江

一

任溶溶，本名任以奇，原名任根鎏，1923年5月出生于上海，祖籍广东鹤山。1928年，随父母回广州读私塾和小学。1937年，小学毕业，侵华日军轰炸广州后，避难于老家广东鹤山古劳下六旺宅村。1938年春，离开旺宅村，经广州、香港回上海，先后在广州岭南大学分校上海岭南中学、雷士德工学院初中部就读。1940年，赴苏北参加新四军。1942年，就读于大夏大学中国文学系，1945年毕业。1950年，任职于新华书店华东总分店。1952年，任职于少年儿童出版社。1973年，任职于上海人民出版社。1978年任职于上海译文出版社，1989年退休，返聘至2003年。1942年开始从事文学翻译工作，1945年开始从事儿童文学翻译工作。第一篇文学译作为乌克兰作家台斯尼亚克的小说《穿过狄士郡的军队》，翻译署名为"托华"，苏商时代杂志社1942年刊出。第一部儿童文学译作为土耳其作家萨德里·埃特姆的儿童小说《黏土做的炸肉片》，翻译署名为"易蓝"，权威出版社1946年出版。1948年，

任溶溶先生译著书影

在朝华出版社翻译出版美国迪士尼公司图画书系列，首次采用笔名"任溶溶"。1951年，开始从事儿童文学创作，文体涉及童诗、童话、故事、小说、散文等。第一篇作品为儿童故事《强强为什么做不好功课》，《新少年报》1951年刊出。

迄今为止，翻译方面最具代表性的文集为上海译文出版社于2021年出版的二十卷本《任溶溶译文集》；创作方面最具代表性的文集为浙江少年儿童出版社此次推出的八卷本《任溶溶文集》。

在中国，以翻译和创作同时影响中国儿童文学进程的作家并不多，任溶溶是少见的一位。

任溶溶通晓英、俄、意、日四种外语，翻译过伊索、科洛迪、安徒生、克雷洛夫等几十位作家的作品。大家耳熟能详的《安徒生童话全集》（安徒生）、《木偶奇遇记》（科洛迪）、《假话国历险记》（罗大里）、《洋葱头历险记》（罗大里）、《马雅可夫斯基儿童诗选》（马雅可夫斯基）、《古丽雅的道路》（伊林娜）、《彼得·潘》（巴里）、《查理和巧克力工厂》（达尔）、《借东西的地下小人》（诺顿）、《随风而来的玛丽阿姨》（特拉弗斯）、《小熊维尼·阿噗》（米尔恩）、《杜利特医生》（洛夫廷）、《长袜子皮皮》（林格伦）、《夏洛的网》（怀特）等，他都有精彩译本，有的作家作品几乎就是经他译介后才广为中国读者所熟知的。在中国，像任溶溶这样长达八十年持续为小读者译介世界优质儿童文学作品的翻译家，找不出第二人。他的翻译，时间跨度大、数量大、体裁广、题材丰富、涉及语种多，成果丰硕，影响深远，泽被几代读者。

任溶溶的创作，同样深受几代读者喜爱，在中国儿童文学发展进程中具有里程碑意义。

二

任溶溶的创作可以从不同的层面和维度进行研究和阐释，比如，童年性、经典感、艺术形式、口语化等。但如果我们把任溶溶的创作置于20世纪以降的中国儿童文学整体格局中加以审视，毫无疑问，任溶溶最大的贡献在于他为中国儿童文学带来了久违的游戏精神。

中国儿童文学的发生和发展一直特色鲜明。在中国儿童文学的发展进程中，作为创作类型的幽默儿童文学和作为创作思潮的幽默儿童文学并不同步，后者出现在20世纪80年代，远远晚于前者。幽默儿童文学思潮为何产生于20世纪80年代，这是一个专门话题，我曾在拙著《20世纪中国儿童文学导论》中进行过梳理和探析，此不赘言。但我想说的是，这并不表明20世纪上半叶以来中国没有这方面的作家，甚至是大作家。张天翼和任溶溶就是其中杰出代表。从某种意义上说，正是因为他们的存在，正是因为他们创作的那些熠熠生辉的作品的存在，幽默儿童文学才有可能在20世纪80年代成为一种创作潮流和景观。

张天翼创作于20世纪30年代的《大林和小林》《秃秃大王》，无疑是中国儿童文学游戏型作品的发轫"文本"。其荒诞的情节，奇特的故事，夸张的语言，极尽游戏之能事。张天翼给中国儿童文学带来的全新风貌和全新质地是毋庸置疑的。然而，尽管张天翼《大林和小林》《秃秃大王》等作品深受小读者喜爱，但客观现实是，张天翼之后相当长一段时间内几乎见不到同类型的作品。

所幸，进入20世纪下半叶，任溶溶出现了。20世纪50年代，任溶溶发表了广受读者欢迎的《没头脑和不高兴》《一个天才杂技演员》等作品，久违的游戏精神重现，中断的文脉得以延续。

强调作品的"好玩""快乐"，强调"好玩""快乐"中的"艺术价值"和"思想"，一直是任溶溶追求的目标。"我只希望我的作品小读者小时候读来好玩，等他们大了想想还是有点道理。我认为儿童文学作家最快活的是，当小孩子很小的时候爱读你的作品。但是小孩子都要长大的，你骗他能骗几年？他要长大的。等到他长大后，还是觉得你的作品是有艺术价值的，思想是好的，能给他帮助的。比如张天翼的作品，我爱他不单是因为怀旧，想起我小时候读他的作品的乐趣，今天从文学作品的价值来谈，我觉得他的作品还是好作品。我认为做儿童文学作家，一定要做这样的儿童文学作家。"（任荣康《任溶溶先生访谈录》）

任溶溶之于中国儿童文学的意义，至少体现在下面几个方面：

任溶溶是一位始终保有童年精神的作家。有无童年精神，我指的是那种来自内心深处、真正意义上的童年精神，对于儿童文学作家来说至关重要。任溶溶曾说："我好像天生就是该搞儿童文学。我开始搞儿童文学，事实上对儿童文学没有什么研究，就是喜欢那些作品。我天生就是适合搞儿童文学，因为我的个性就是适合。我现在想起来，我小时候的脾气就是一个大快活的人。"（任荣康《任溶溶先生访谈录》）对于他，为儿童写作，有一种强烈的内在驱动力——除了使命感，更是一种心理上、精神上的渴望和享受。为儿童写作，可以说几近是他的生活乐趣之所在。保有童年精神的作家，与儿童读者往往具有一种与生俱来的、本能的、天然的默契感，往往能更准确地把握儿童文学的精髓。对于任溶溶来说，开心、快乐，或者说幽默心态、游戏精神，从来不是外附和外来的，而是本原的，本该如此的。据任溶溶自述，30年代初，他尚是一个小学二三年级的学生的时候，曾差一点写出了一部

"长篇小说"《济公传》，之所以有此举，原因在于"我当时最喜欢的小说之一是《济公传》。我喜欢济公耍弄恶人的那种滑稽办法"。这里强调的是"滑稽办法"。（任溶溶《我叫任溶溶，我又不叫任溶溶》《我和儿童文学》，少年儿童出版社，1980年）任溶溶深谙开心、快乐中的童年意味。

任溶溶拥有开阔良好的国际视野。他通晓多种外语，熟稔世界经典儿童文学的艺术范式、叙述手段、呈现方式，更容易看出中西文化、中西儿童文学之间各自的特长。他可以从不同的角度和不同的层面观察、审视、品评作为人类文明产物的儿童文学的全球化趋向及其内在质地。这一独特优势，加之他与生俱来幽默开朗的性格，使他对外国儿童文学中尤为强调注重的nonsense（有意味的没意思）有一种天然的默契感和认同感。"我翻译过许多儿童诗，自然吸收了不少我以为是好的东西，但是更重要一点，是我好像很懂得儿童那种好奇、好动的脾气。""我确实喜欢热闹的，像我刚刚说的《木偶奇遇记》和《西游记》都很热闹。罗大里就是写《洋葱头历险记》和《假话国历险记》的那个作家，我觉得真是了不起。"（任荣康《任溶溶先生访谈录》）任溶溶以自己的艺术判断引入译介了大量的世界优秀儿童文学作品。他山之石，可以攻玉。任溶溶这方面的贡献鲜有人能企及。

任溶溶的创作为中国儿童文学的多样性和丰富性提供了成功范例。他以自己的创作完美地诠释了幽默作为一种创作类型的可能性和可行性。任溶溶创作的突出标识在于：第一，他的幽默特质不是局部、偶尔为之的，而是全方位、全覆盖的，涉及童诗、童话、散文等所有领域。也即是说，他的创作绝大多数属幽默类型。第二，大跨度时间持续创作，既有作品和新近作品叠加溢出效应持续突显。从20世纪50年代初，到21世纪20年代初的当下，长达70年的创作，每一段写作几乎都有代表性作品问世，作品多保持优质水准，实不多见。第三，也是最重要的，任溶溶强调、推崇、心仪的游戏精神，在他的作品中，既是手段，同时也是目的。作为手段，它体现在独特的题材、巧妙的剪裁、对比的人物、夸张的情节、口语化叙述、故事性推进（这在童诗中尤为突出）等的传递中。而作为目的，幽默本身就是作品的诉求，这更值得关注。幽默是一种人生态度、人生智慧和人生境界。真正的幽默与轻浮、轻飘、轻佻无关。幽默彰显的是中国儿童乐观、豁达、勇于并善于面对困难的精神气度。

任溶溶首次提出了"热闹派"童话概念。中国儿童文学进入新时期后，游戏精神的凸显与"热闹派"童话的出现密切关联，而"热闹派"童话的出现又与任溶溶直接关联。1982年，任溶溶在东北、华北儿童文学讲习班的一次讲座上说："童话有两派，一派是热闹派；一派是抒情派。《木偶奇遇记》是极其热闹的，后来继承它的很多，意大利作家罗大里也是属于这一派，夸张到了极点。安徒生是抒情派，抒情派的作品也不少。两派都不可缺……"（任溶溶《苏联儿童文学及其他》《儿童文学讲稿》，辽宁少年儿童出版社，1984年）对授课者任溶溶来说，也许这只是一次例行的外国儿童文学介绍。但历史往往是这样，偶然中时常蕴蓄着必然。此次公开授课的重要意义在于，这是中国儿童文学发展史上，首次明确提出"热闹派"童话这个概念。虽然任溶溶谈的是外国儿童文学，但他的用意不言而喻（这个讲习班本身就是针对儿童文学创作者而开设）。很幸运，这一次任溶溶的期待终于成为现实。由于"热闹派"童话极大地吻合了"文化大革命"以后儿童读者渴求宣泄、释放的心态，因而"热闹派"童话很快便形成了一股风靡整个儿童文学界的、强劲的创作思潮。这是任溶溶在特殊时间节点上的特殊贡献。

三

任溶溶的创作成就主要体现在童诗、童话和散文三个方面。从时间上看，童诗创作和童话创作几乎同步，均始于20世纪50年代初中期；散文创作虽始于20世纪70年代，但创作高峰则是进入新世纪以后。从篇幅上看，童诗和散文数量较多；童话则数量偏少。但无论有何异同，他这三方面的创作均广获读者喜爱。我们且分别来梳理和探析。

（一）关于任溶溶童诗

以我的观察，任溶溶最偏爱、也投入精力最多的文体是童诗。在他的创作谈中涉及童诗的讨论远多于其他文体，他也曾多次呼吁社会各界重视童诗创作，鼓励年轻人创作童诗。可以说他的一生从来没有离开过童诗。

任溶溶的童诗十分注重内容的健康有益，但同时，又很强调"形式"和"有趣"。他的童诗很少出现什么成人化、大道理、疙里疙瘩的东西。小读者都看得懂，看得明白，看后常常开怀大笑。而这，恰恰是任溶溶童诗的魅力所在。

任溶溶童诗由"形式"而"有趣"而"健康有益"的途径主要

有以下一些：

一是故事化

故事入诗不是任溶溶的创造，诗歌从来就有抒情诗和叙事诗之分。但任溶溶童诗特别重视叙事中的故事性和潜故事性，以至于故事化成了他作品的突出标识。在他的作品中，你总能看到人物、情节、对比、悬念、意外、停顿、转折、回环等故事因素。《爸爸的老师》说的是爸爸和老师的故事。爸爸是位大数学家，他有要紧事，要去看他的老师。爸爸这么有学问，他的老师"一定是胡子很长，满肚子的学问"吧。结果呢？"爸爸给谁鞠躬？/就算你猜三天三夜，/一准没法猜中。//鞠躬的人如果是我，/那还不算希奇，/因为爸爸这位老师，/就是我的老师！"要知道，"我"已念三年级了，老师还在教一年级。老师看着爸爸，就像看个娃娃："你这些年在数学上，/成绩确实很大。"爸爸说："我得感谢老师，/是老师您教会了我/懂得二二得四……"三个人物、看望老师、想当然、失望、惊喜、大回转、感悟、受教，这几乎就是一个诗故事，而且，这个故事又如此有趣和有意义。小读者一看就懂，一看就明白。作品所述与儿童的所思所想所悟高度契合。这也正是为什么这首诗发表于1962年、距今已逾六十年的作品，依然广受小读者喜爱，依然充满艺术魅力的原因所在。晚近创作的《大楼掉下一个蛋》同样也充满了故事性。鸽子妈妈在二十楼顶大叫，不好了不好了，自己的宝贝鸽蛋掉下去了。"19、18、17、16、15、14……/蛋嘟噜噜一直往下掉；//13、12、11、10、9、8……/小鸽子怎么出了蛋壳在伸脚？//7、6、5、4、3、2……/1楼小鸽子可没有到——"那是怎么个结果？原来，钻出蛋壳的小鸽子，"它已经会飞，/飞回楼顶和妈妈拥抱。"我的天,太悬了吧。但妙就妙在最后那一笔:眼看要摔到地上的小鸽子,转瞬间又"飞回楼顶和妈妈拥抱"!有悬念,有记挂,更有温暖。这样的童诗,小读者能不喜欢看吗?

二是新颖别致的构思

任何写作都离不开构思,但任溶溶的构思大多集中在"有趣"这个核心点上。《〈铅笔历险记〉的开场白》这首诗,全诗仅仅说了个开场白。为什么?因为这个长篇童话太长了,"说长,天下第一,/它整整有一千多章,本数一百零七",更因为这个长篇童话的主人公铅笔,总是不能为粗心大意的孩子削好——削得又长又细,一碰就断,没削几次,"铅笔已经没有",没了铅笔的主人公,童话自然不能往下讲啦,所以"光剩下了这开场白,实在抱歉之至!"情节的设置充满喜剧色彩。《我的哥哥聪明透顶》说的是"从来不做傻事情"、"聪明透顶"的哥哥,而实际上他却是个糊涂得要命的"大傻瓜"。他学胡琴不想花力气,结果拉的胡琴像"咕嗒咕嗒锯木头",让人忍俊不禁。这是"聪明"带来的"快乐"。《从人到猿》,只听说从猿到人,可他却偏要说从人到猿。斯斯文文,智力健全的人要变成一个长着长毛和尾巴的爬行动物。这中间不用说也藏着个有趣的故事。《一场头痛的球赛》,看球赛为何会"头痛"?因为是"上海对广东",上海对广东为何会"头痛"?因为"我"爸爸妈妈是广东人,"我"又是在上海出生。这一特殊的人设,为全诗喜剧效果的展示埋下了伏笔。双方球员亲热地拉手,就像一家人,可是一家人虽是一家人,比赛起来却不客气:"扣球,拦网,重叠拦网……给对方致命一击!"这可如何得了!"我希望广东队取胜,/也希望上海队赢,/最好就是没胜没负，/两个队分数打平。"瞧，孩子的天真，让你不能不会心地发笑。而看到精彩处，"我忘掉了上海、广东，/谁打得好就叫：/好！"一个"好"，又把刚才的犹犹豫豫全翻了个个儿。一个真实的、活脱脱的儿童形象跃然纸上。

三是形式感

任溶溶童诗的形式感体现在诸多方面。

比如标题。很少有人像任溶溶这样喜欢在标题上"做文章"，还乐此不疲。其实，这背后是任溶溶童诗创作很重要的艺术把控：他期待自己的作品能在第一时间提供阅读期待。《我牙，牙，牙疼》，看到标题如同看到了一个人牙疼时的窘相。《我还得哭》，哭就哭了，怎么"还得"哭？看来"我"的哭是要想好以后才哭的。《信不信由你》，我到底是信还是不信呢？《你们说我爸爸是干什么的？》《谁是丁丁，谁是东东》，还没看作品就得猜谜了，真是有趣。《这首诗写的是"我"，其实说的是他》《请你用我请你猜的东西猜一样东西》《我爸爸的爸爸的爸爸，说他一辈子在看童话》，绕口令的喜感扑面而来。

比如押韵。童诗与现代诗一样，分押韵和不押韵两种。为突出音乐性，任溶溶的童诗大都采用了押韵形式。押韵又分全诗一韵到底和全诗交替换韵两类。《大楼掉下一个蛋》《我爸爸的爸爸的爸爸，说他一辈子在看童话》等采用的是一韵到底形式；而《爸爸的老师》《〈铅笔历险记〉的开场白》《我的哥哥聪明透顶》《一场头痛的球赛》《我牙，牙，牙疼》《我还得哭》等则采用交替换韵形式。从实际情况看，任溶溶采用最多的还是更具音乐性的交替换韵形式。

比如字体字号变化。《一个怪物和一个小学生或者写作一个怪物和一个小学生》，以"或者写作"为界，前面一个"怪物"采用特大号字，"小学生"采用特小号字；后面一个"怪物"采用特小号字，"小学生"采用特大号字。为何如此？因为这个怪物的名字就叫"困难"，它千方百计想难倒这个小学生，可是这个不怕困难的小学生终于把它打败了。《大王，大王，大王，大王》，这四个"大王"的字号，由特大号依次变小变小再变小。这个由大变小的过程，是不是暗示大王慢慢变得不是大王了？字体字号的变化，实际上应对引导的是阅读情绪的变化。

比如语词的活用、巧用和妙用。只要叙述需要，任溶溶便顺理成章地在作品中杂以方言、外语、化学方程式等。《我是翻译家》中，小翻译家陪听不懂普通话的广东奶奶和上海姥姥去看电影，不停地给坐在两旁的奶奶和姥姥翻译。"我跟奶奶讲广东话：/'Apo，买俾我个波。'/听不懂吧？我来给翻译：/'奶奶，买个球给我。'//我跟姥姥讲上海话：/'Abu，依格身体邪气赞。'/也不懂吧？我给译过来：/'姥姥，您的身子非常健。'"最后实在受不了，"挨唔住"（广东话），"吃弗消"（上海话）："请大家讲普通话！"《一个怪物和一个小学生或者写作一个怪物和一个小学生》中，怪物"困难"变来变去，竟然变出了"1234"、"abcd"、"＋－×÷"。《我的一个大发现：妈妈为什么叫妈妈？》中："妈妈"在外语里叫啥？"在日语里叫'哦卡桑'，/在英语里叫'妈瑟'，/在俄语里叫做'妈奇'，/意大利语叫'妈德雷'……"这些一般人没想到或想到不敢用的语词到了任溶溶那里都变成了情趣盎然的诗行。

（二）关于任溶溶童话

任溶溶创作童话的时间很早，六十余年前的1956年即已开始。虽说创作童话的时间很早，但他童话的数量却不多。算起来，也只有《没头脑和不高兴》《一个天才杂技演员》《奶奶的怪耳朵》《大大大和小小小历险记》《小妖精的咒语》《小妖精闯祸》《当心你自己身上的小妖精》《听青蛙爷爷讲故事》等不多的一些作品。然而，尽管如此，事实上任溶溶作为童话作家的影响力丝毫不亚于他作为童诗诗人的影响力。毫无疑问，个中原因在于，他的童话，尤其是《没头脑和不高兴》的影响力实在太大了，说在中国家喻户晓应该不算夸大。

《没头脑和不高兴》最初发表于《少年文艺》1956年第2期，1958年由少年儿童出版社（上海）出版单行本，1962年由上海美术电影制片厂改编拍摄成动画片。《少年文艺》为当时国内唯一的儿童文学杂志，少年儿童出版社是当时国内最有影响的少儿出版机构之一（当时国内仅两家少儿出版机构，少年儿童出版社成立于1952年，中国少年儿童出版社成立于1956年），上海美术电影制片厂是当时国内唯一制作儿童片的电影厂。可以说，以上单位都是当时最重要的儿童作品传播机构。作品甫一问世，即大受欢迎。尤其是经由美影厂改编为动画片后，更是风靡全国，无人不知晓。进入新世纪后，作品艺术魅力依旧持续不减。

《没头脑和不高兴》自20世纪50年代出版以来，共计印了多少册数，已无从统计，早年出版社加印图书版权页不标印刷册数。不过，以浙江少年儿童出版社《没头脑和不高兴》为例，自2012年以来的十年时间，仅浙少社"注音版"印数即为710余万册，还不包括其他版本。

这是一个什么概念？我们不妨将这一销量数据放在全国同一时段童书出版中加以横向比对。根据北京开卷信息技术有限公司提供的"开卷数据"，"注音版"《没头脑和不高兴》自2017年—2021年，在全国年度童书畅销榜单上，均进入前20名，其中有两年（2017年、2020年）进入前十名，更有一年进入前三名（2017年列第三名）。

一部创作于六十多年前的作品，在当下竟然如此受读者欢迎，这一情形，不要说在与他同时代的作家中绝无仅有，就是在所有儿童文学作家中也极为少见。似乎有点让人难以置信，但事实就是如此。任溶溶成了当代"现象级"畅销书作家，成了名副其实的作品叫好又叫座的作家。

除了《没头脑和不高兴》，任溶溶另一童话名篇是《一个天才杂技演员》。该作于《没头脑和不高兴》发表的次年问世，也同样发表于《少年文艺》，也同样由上海美术电影制片厂在1979年改编拍摄成动画片，同样深受读者喜爱。某种意义上也可以说，《没头脑和不高兴》和《一个天才杂技演员》是任溶溶童话创作的双子星。

《没头脑和不高兴》等作品的持续畅销，与外部（比如上海美影厂、浙少社）的助力自然不无关系，但说到底，最根本的原因还是源自作品本身所拥有的经典品质。

《没头脑和不高兴》讲述的是这样一个故事："没头脑"做事马虎，常常丢三落四；"不高兴"固执任性，总不愿意与他人协调配合。"没头脑"当上工程师以后，设计了一座三百层的摩天大厦作少年宫，却忘了设计电梯，到第二百二十五层去看场戏，得背上干粮、被褥，上下一次要一个月。"不高兴"呢，与人搭档演"武松打虎"，他扮演老虎，却总不高兴按照剧情的要求被武松打死，结果急煞了台下看戏的小朋友。

在《一个天才杂技演员》中，台焦傲是一个技艺高超的走钢丝杂技演员，因能在钢丝上翻跟斗而赢得观众的喝彩，被捧为"天才演员"。小丑演员郑用工想拜师学艺，被台焦傲一顿奚落，拒绝收他为徒。郑用工不放弃，每天勤学苦练。台焦傲只顾吃、喝、睡，他认为大明星不需要练功，最后身体越来越胖，胖得镜子都只能照他半个身子，以至于有一次上台表演怎么也抓不住钢丝，把钢丝绷断当即摔下。紧要关头，郑用工用一个手指接住了他，把他当做皮球转来转去，还用脚把他踢到空中蹬来蹬去。走钢丝的天才演员变为小丑演员手中的一只"滚球"。

这两部作品有不少相同相似的地方：

都不乏教育意义。前者善意讽刺不少小朋友常犯的粗心大意的毛病；后者批评骄傲自大、目中无人的"天才演员"，表扬勤奋刻苦、目标坚定的小角色。

都采用了说书讲故事的方式进行。前者开篇："我有个邻居，今年12岁，叫做'没头脑'"；后者开篇："打从没牙的小孩到没牙的老人家，我看没有不爱看杂技的。有位80几岁的老爷爷，三四岁就穿着开裆裤蹲在广场上看变戏法，看耍坛子，到现在还爱带着孙子去看杂技，看得同样津津有味。"

都在写实中加入了夸张手法。前者"没头脑"设计的高楼缺电梯，"不高兴"演被武松打的老虎怎么也打不死；后者好端端的杂技演员硬生生吃成了个大胖子，小丑演员竟能用手指接住从钢丝上摔下的大胖子，把他像皮球一样转来转去。

都出现了一对反差很大的人物。前者是马大哈"没头脑"和一根筋"不高兴"；后者是出尽洋相的"天才演员"台焦傲（太骄傲）和成功救场的小丑演员郑用工（真用功）。顺便说一句，反差对比，是任溶溶最喜欢、最心仪，也最常用的手段——除了童话创作，还大量运用于童诗创作中。

都是幽默风格。前者中，"没头脑"设计了三百层大楼却不知自己忘了配置电梯，还问门卫为何看戏还要自带干粮。门卫只好如实告知："说来真是抱歉。这房子虽然有三百层高，可是只有楼梯，没有电梯，上去只好一步一步走。剧场在二百二十五楼，算下来上去得走半个月，加上看完了戏下来走半个月，前后就是一个月了，您不带吃的东西，那不是要饿死吗？"妙的是自己做的事自己竟然完全不知道，"没头脑"真是名不虚传。后者中，惊心动魄的杂技表演结束后，作品这样结尾："看这样的节目，真是人都会给吓死，幸亏来看杂技的人都有一张健康检查证，没出事儿。"看个杂技表演，差点"给吓死"，幸亏有张"健康检查证"，最终才"没出事儿"。谢天谢地，"天才演员"好好反省反省吧。当然，任溶溶绝大多数作品都属于幽默风格，性格使然。

这些特点和特质，无疑都是作品赢得读者喜欢的原因。

值得思考的是，这些作品问世至今已超过一个甲子年。六十余年来，历经不同年代的社会变迁、文化脉动、思潮更迭、阅读演进，历经时间的打磨和洗礼，作品非但没有被时代淘汰、被读者遗忘，反而愈发深入人心、熠熠生辉。根本原因何在？

我以为，根本原因在于作品所拥有的童年性和游戏精神。在"没头脑"和"不高兴"的身上，在"天才演员"和"小丑演员"身上，读者看到了童年的自己，看到了童年特有的快乐，看到了自己心底珍藏的那份嬉戏、顽皮和狂野，看到了那份独属于童年、永远在场的游戏精神。

（三）关于任溶溶散文

如果不算译序、译后记、创作谈等宽泛性文字，任溶溶的散文创作大约始于20世纪70年代末，创作有《我的"奇遇"记》《在冬天里过夏天——菲律宾杂记》等作品，不过数量上不算多。进入新世纪后，他开始将大量的时间和精力投入散文的写作之中。也可以说，进入中年，特别是进入老年后，他开始了更多的散文创作。以至于后来居上，散文与童诗、童话一样，也成了他创作的重要门类。

任溶溶散文辨识度很高，风格鲜明，简洁，干净，明快。不拖泥带水，不冗长啰嗦，不矫情，不无病呻吟。有话则长，无话则短。性情宕开，适时打住，浑然天成。口语化，大白话，追求自然语言状态。

乍看上去，他的散文似乎不那么有文采，不那么讲究技巧。其实，这是一种大智大拙，是一种绚烂之后的平实，是一种没有技巧的技巧。这样的叙述应对的是非刻意化阅读，而这样的阅读效果，恰恰是作者有意为之的。我们只要看看他的翻译作品，看看他的童话作品，看看他的童诗作品，就明白其中的原因了。为什么他的翻译作品在译界独树一帜，深得读者喜爱，除了遵从信达雅，是不是还得益于他独有的翻译语言？为什么他的童话童诗让读者欲罢不能，除了精彩的内容，是不是还有他魅力难敌的叙述语言？他的文风是一脉相承的。当然，相对而言，他的散文显得更为平实。口语化，大白话，自然语言状态，是任溶溶一以贯之的美学追求。强调作品让人看得懂，看得明白，看后又不觉乏味，并为之着迷，这实在不是件容易的事，这需要经年累月的写作修炼。

任溶溶是文化智者，但同时又可以说是一个顽童。一方面，大智若愚，洞若观火，宠辱不惊，笑看风云；一方面，透明单纯，无拘无束，爱玩好玩，天真率性。当这两种属性奇妙地融为一体的时候，散文的奇妙性，散文这种最贴近自我的文体的奇妙性，也就在所难免了。正因为如此，他的散文小读者喜欢，成年人也喜欢。这也可以说是任溶溶散文最为独特和迷人的地方。

每个人都会遭遇生离死别等沉重的现实问题，但每个人有每个人的应对方式。通常，作者处理此类沉重话题，总免不了忧伤和悲痛。但任溶溶的处理不同，他有自己的处理方式，在他笔下，我们看到的往往是明亮光泽和轻松愉悦。其实，这是一种有意识的选择，因为在他看来，人生背负的沉重太多太多，唯其太多沉重才更需要一种常驻心头的明亮光泽和轻松愉悦。正如他在《老人言》一文中所说："作为老人，我只希望电视多播些喜剧和大团圆的戏，更希望现实生活中开心的事也多些多些再多些。"

草婴是任溶溶的中学同学，两人后来都成了翻译名家，而且他们还是译文社的同事，两人的友谊和交往长达八十年之久。草婴过世，对任溶溶来说意味着什么是不言而喻的。他回忆了与草婴的交往，写了两人1938年的初识，写了草婴学习俄语、翻译俄国作品，写了草婴与地下党接触，但让人印象最深的是写草婴的吃。草婴知道任溶溶爱吃，任溶溶则认为草婴对吃没多大兴趣。一次草婴夫人买来大乌参，问任溶溶如何烧，任溶溶随口说应该要炖很久，结果炖过了头，大乌参成了羹，他们只能吃"羹"，任溶溶则说，好在"反正草婴吃菜没有什么表情"。"没有什么表情"实在够绝。可是一次在宾馆吃饭，却让任溶溶大吃一惊。一条大鲫鱼上桌了，任溶溶怕刺不爱吃鱼，没想到"草婴顿时神情大变，兴致高昂，完全是食神样子，平时十分严肃的他，这时那种饕餮的模样我还是第一次看到。我一筷子也没有碰这盘鲫鱼，他却吃得眉飞色舞"。从"没有什么表情"到"神情大变，兴致高昂"、"食神"、"饕餮"、"眉飞色舞"，实在让人忍俊不禁。从中，我们也不难看出任溶溶的记叙点和关注点。这种记叙老友的文字，小读者当然乐意阅读。

任溶溶对人生看得很开，不纠结，不为难自己，随遇而安，通达乐观。在《老人的记性》中，他说："人老了，记忆力不好了，这是没办法的事。"他说记忆力不好，那就找"觉得好玩"的事做，读旧诗词、听古典音乐、听京戏，但这些也遇到麻烦。比如听京戏，现在连哼哼也不行了，"老是忘词，忘词想词，反而更睡不着。可是白天哼哼，忘词就看《大戏考》，把忘掉的句子找回来，再反复哼，这样'老友见面'，同样是很开心的。这就是我如今的记性"。面对记忆力衰退，他十分坦然，而且一如既往风趣、幽默和乐观。

《喝咖啡》说的是任溶溶喝咖啡的经历。他说自己曾经是个咖啡迷，早上喝过，晚上接着喝。"文革"期间咖啡馆关了，就到饮食摊喝咖啡。外出回来总要带上几大瓶速溶咖啡。"奇怪的是，我现在一口咖啡也不喝。这也是前几年生了一场病以后的事。这么一个咖啡迷，一下子竟断了喝咖啡的瘾。"他交待了自己从迷咖啡到戒咖啡的缘由。可是，最为精彩的要数接下来这句了："我如今不喝咖啡，不过写到这里，对咖啡又有点留恋了。以后还会喝咖啡吗？走着瞧吧。"真是神来之笔。"走着瞧吧"，让人不由想到什么是潇洒，什么是逍遥，什么是悠游人生。

看得开，想得开，想得明白。这是一种境界。

四

《任溶溶文集》即将问世，这是迄今为止收录任溶溶先生原创作品最为齐全、规模最大的文集。蒙任溶溶先生鼓励和信任，晚辈遵嘱撰写序言，深感荣幸。

百年人生，八十年笔耕，几代读者泽恩沐惠。

深深祝福。

（本文为孙建江先生为《任溶溶文集》撰写的序言，《任溶溶文集》于2023年2月由浙江少年儿童出版社出版。）

任溶溶先生的手迹

安武林

2022年9月22日，任溶溶先生在睡梦中，与世长辞。享年，100岁。

得到这个消息，心里很难过。伤心归伤心，但我忍不住安慰自己，先生百岁，也算圆满，用我们乡村的说法，叫喜丧。加上他并未遭受多少痛苦，心理略微有点平衡。

我打开自己收藏的箱子，翻捡任老送我的手迹。这些珍贵的信札和手稿，一般我都不翻阅的，毕竟，这些是供收藏用的，不是用来阅读的。

翻出任老的手迹，思绪纷飞，时光倒流，我好像又回到了2009年8月17日……

那天，我在上海，和任老约好的，专程去了他的府上。

我是送样书，送稿费的，因为我主编了一套书，收录了任老的文章。这是正事，但我更想和他聊聊，参观他的书房，顺便讨要一点手稿和信札什么的。我还带了一些他翻译的书，让他签名。

我敲开任老的家门，是他儿子给我打开的。任老坐在轮椅上，在屋子里向我招手。他很高兴，像个老顽童似的。若非他坐轮

任溶溶先生的手迹

椅，一点也看不出来，他比健康人还要健康。开朗，乐观，睿智，机敏，和我聊天不假思索，总是脱口而出。

任溶溶先生是我国著名的翻译家、儿童文学作家，他翻译的作品无论从数量上，还是质量上，几乎无人能与之媲美。若要提一个，那就是陈伯吹先生了。他们是中国儿童文学翻译界的两面旗帜。如《夏洛的网》《木偶奇遇记》《安徒生童话》等。而他个人创作的《"没头脑"和"不高兴"》，是他的代表作，风趣幽默，被人们归之为热闹派童话的代表人物之一。

我们海阔天空聊了起来，一会儿聊到他小时候的故事，一会儿聊到他做翻译的情况，我喜欢听他讲过去的故事。算起来，我们应当见过三次面，一次是在深圳，参加中国儿童文学奖颁奖大会。一次在上海的少年儿童出版社办公楼里和他不期而遇。这次赶来他家拜访他，是第三次。那时，他好像获了一个什么奖，得了一笔可观的奖金。他得意地讲给我听，我刚刚惊呼一声，那么多，没想到，他又讲了一个奖，奖金比这个还高。我们哈哈大笑，开心得像个孩子。

聊着聊着，我装作不经意的样子，随口问了一句："任老师，你有手稿和信札吗？"他爽快地说："有啊！喏，在那个笔筒里，你自己随便拿吧！"呀，他这么慷慨，让我喜出望外。他说："先前，我不大保存。后来，朋友和报社的人索要，我才开始留意，特意保存了一些。"

哎呀，我把笔筒抱在怀里，像是抱着一个文物一样，不要提多高兴了。

我拿了两封信，一封是写给刘绪源的，一封是写给殷健灵的。我很纳闷，写给人家的信怎么还留在这里呢？他得意地说："我给他们扫描了电子版，原件留在我这里了。"哈，真是有心人、细心人。因为这两个人是我的朋友，所以，我特意拿走了这两封。

我还拿了他一些手稿：《偷看老婆趣事》《忆何公超同志》《文革十年读书记》《老舍和翻译》《一本我一辈子感谢的好书》，这些都是散文手稿。我还拿了两首诗歌的手稿：《你开你的花，我开我的花》《希望大家也这样"狡猾"》。

那天，我们聊了整整两个小时，告别时，看到任老有些倦意，心里很是内疚。

看着这些手稿和信札，睹物思人，不由得感伤满怀。

还好，有这些手迹，证明任老还在，并未走远，他在做一个长长的长长的梦……

节选自2022年9月23日《藏书报》微信公众号

首译"迪士尼"童话的任溶溶先生

韦　泱

任溶溶先生以百岁高龄辞世。近三个月来，每每思及与他的交往，便情难以抑，无限怅然。任老以翻译外国儿童文学著称，无论是翻译持续的时间，还是译著的质量与数量，在国内均无人望其项背，堪称第一。在他晚年，我常常面承謦欬，受益匪浅。

还是20世纪90年代，我热衷去各个旧书市场，看到印有"译者任溶溶"的儿童读物，就一一收入，乐滋滋来到任家，跟他聊天。他看到自己早年旧著，非常高兴地说："我年轻时也喜欢跑旧书店淘旧书，我们'臭味相投'哪！"一次，我淘到一册《小鹿斑比》，他一看说，这就是七十多年前的"迪士尼"啊！

现在的小朋友，很少不知道迪士尼的，况且它已开到了上海浦东，这个乐园每天吸引无数人前去游玩。可谁知道，"迪士尼"的童话第一次引进中国，却是任溶溶的译著"华尔·狄斯耐作品选集"，这个外国人，用今天的名字译法，就是美国动画片大师沃尔特·迪士尼（Walter Elias Disney, 1901—1966）。

《小鹿斑比》出版于1948年10月，由朝花出版社出版。这是我见到的任溶溶最早出版的一种译著。1946年，任溶溶从大夏大学（华师大前身）毕业，因有同学在《儿童故事》杂志当编辑，请他提供作品，他就开始翻译些外国儿童作品。为了找原著，他经常去淘书，尤其是在上海大马路（今南京东路）别发洋行内的一家外文书店，常常看到由美国迪士尼公司绘制、荟萃欧美各国优秀儿童作品的原版卡通童书，这触发了他的灵感，心想，如果把它翻译成中文，一定会受到中国儿童的喜爱。于是，他淘来这些外国原版儿童书，开始一部部翻译起来，一口气译了六种，起了个名称"华尔·狄斯耐作品选集"。书很快就译出来了，他想得赶快出版呀，他太喜欢这些读物了，想想不肯轻易交给人家出版社出书，那就干脆自己办一个出版社吧，取名叫"朝花出版社"，社址当然就是他自己的寓址，在"上海四川路五七二弄四号"，请他大夏大学中文系恩师、大名鼎鼎的郭绍虞教授题写了社名。书印出来了，郭教授一看，对他说，我是竖写的，怎么印成了横排的字，书法横写与竖写，运笔和气势是不一样的。这么一听，任溶溶也傻了：怪自己不懂书法，对不起老师的一手好字。出版社印书，首需的是纸张，这不愁，任溶溶的父亲是开纸张店的小老板，就搬点纸交给长乐路上一家印刷小作坊，父亲还付了些印刷费，算是给儿子出书的赞助吧。任溶溶请来好友、画家沈涤凡先生任美术编辑，书很快就印出来了。不是一本，而是六本一套的丛书。虽然是薄薄的，却是很可爱的装帧设计。由于任溶溶的翻译，中国小朋友读者第一次阅读到了中文版的迪士尼童话作品，真是有福啊！因为，在这之前，标有迪士尼的作品，只有漫画在我国的外文报刊上登过，只有原版外语动画片在租界放映过。而将迪士尼童话故事译成中文出版，任溶溶具有开创之功。

不知自己出版社的书好销不好销，有一天，任溶溶悄悄地从福州路拐入到附近的昭通路书店一条街上，到这里的图书批发市场暗暗观望，看到自己翻译的书正在一拨拨批发，他深感欣慰。后来，他的好友孙毅，以摆书摊为掩护，进行地下党的宣传工作，也从他那里借点新印出的书去撑门面。

《小鹿斑比》是迪士尼根据奥地利著名童话作家费力斯·沙尔顿名作改编的卡通片，1942年8月拍成公映。故事描写的是一只森林中的小鹿，它经过各种苦难和锻炼，终于成为森林里的王子，一切动物的领袖。此书只有十六个页码，几乎每页有一至两幅可爱的小插图，图文并茂，像读连环画。

看书中的描述：斑比正在自满着头上新出的鹿角时，恰巧碰到他的老朋友小兔顿拍和黄鼠狼花花。他们正在和住在大树上的智者老猫头鹰讲话，他们偶然看见头顶上有两只鸟相互飞逐，高声鼓扑翅膀，吱吱喳喳叫着。"他们在做什么呢？"顿拍问道。"他们在谈情。"猫头鹰说。"那话是什么意思？"花花问。"那是恋爱，"猫头鹰答道，"这种事每个春天都要发生的。譬如你正在走着，你忽然见到一张漂亮的脸。于是你的膝盖发软了。你的脑子嗡嗡响了。"这是多么有趣又有智慧的问答啊。

另一本《彼得和狼》，由两个民间故事组成，一个是苏联的，一个是英国的，虽属两种风格，却是一样的有趣。只要看看封面，就会乐不可支，连我这个年过六旬的小老头，也像6岁孩童那样喜欢得不得了。这是我看到的最具有迪士尼风格的图画童书，让人立马想到《唐老鸭与米老鼠》。看封面上，红色的书名，多彩的画面，一只小鸟，以一个小玩具在逗引着狼，一个像滑稽小丑一样的小孩，用手上的绳子套住狼的脖子。这是典型的迪士尼卡通画夸张的画法。书中每页都有插画，即使不识字的幼小儿童，也能看懂书中故事的大概意思了。

此书是任溶溶"华尔·狄斯耐作品选集"的第六种，在1948年出版后，不到半年，即第二年3月又再版印刷，可见当年就很受我国儿童读者的欢迎。

这本童书里收集了两个民间故事。前一个《彼得和狼》是苏联老音乐家普罗柯菲耶夫所著，原先是一首以此为标题的乐曲，它里面是有故事性的。故事中的每一个角色，用一种乐器，奏出一个固定的旋律来作代表，每一次当那角色出场的时候，便奏出那一个旋律，使我们在这些旋律中，去想象一个个人物角色。作者就是这样，在没有文字也没有图画的音乐中，讲述了故事。迪士尼不愧是动画大师，他的本事真大，他将相关图画配到音乐中去（迪斯尼一般做法是把音乐配到画面中），制成了一部卡通音乐片。

《彼得和狼》讲到，彼得是一个好心肠的小孩，他喜欢一切动物，他想跟一切动物交朋友，他不让任何动物受到伤害，在他心里，一切动物都有生存的权利。可是，他没有见过狼。在见过狼之后，他改变了想法，狼应该去动物园待着。书中写道："门才关上，彼得便听见外面林子里有奇怪的声音，恐怖的声音，踩踏声，尖叫声，怒吼声和吵闹声。彼得爬上墙望出去，雪上露出一只凶狠的狼，红眼睛在瞪着他，毛茸茸的灰色鼻子一路闻嗅着过来"。结尾当然是"来吧，我们应该排着队，欢送这狼到它的新居去"。狼被三个猎人排着"得意的行列向动物园走去"。

后一个《小小鸡》，也跟狼有关。它是英国的一个民间故事，

"这小小鸡是一个糊涂的家伙，因为它的糊涂，狡猾的狼才敢于利用它，把所有它的同伴引到狼的肚子里去"。最终，狼的计划没有得逞。书中的第一句话就写道："洛斯狼名副其实是一只狡猾的狼"。最后写道："那大石越滚越快，它到了洛斯狼的洞口便停住不动了，恰巧像瓶口的塞子一样，把洞口塞住。狼从洞里叫出来：'快把我放出来呀，我连气也透不出了，我就要闷死在洞里了！'狼就这样，被他们封在洞里啦！"

在这本书的后面，有任溶溶写的译后记。他告诫读者：看过《彼得和狼》这个故事，恐怕很容易明白像那一只狼，他虽然也是一只动物，照理也跟任何别的动物同样有生存权利，可是他的生存就是他人的死亡，不是他被捕就是他捕别人。所以放松恶人就是危害好人，不辨善恶的"烂好人"是要不得的！

任溶溶最后写道："小小鸡的糊涂实在危险，不辨是非的糊涂虫也是要不得的。在这个是非不易明、善恶不易分的社会里，希望小朋友们不做烂好人，不做糊涂虫。"

这套丛书另外四种是《小熊邦果》《小飞象》《小兔顿拍》《欢乐谷》。这些书都充满童趣。《小熊邦果》改编自美国大作家辛克莱·路易士的童话，写马戏班的一只小熊逃出笼子后，在陌生的森林里到处碰壁，吃了许多苦，最后终于学会了在大自然中生存，享受到真正的自由幸福生活。《小飞象》说的是小象钝波，因为长了一双大耳朵，处处受人欺侮和凌辱，最后他因自己的努力，靠着那双被人讥笑的大耳朵，高飞起来成了名。《小兔顿拍》说的是一只小兔，他的绰号叫"顿拍"，因为他的一只脚处处要顿拍，事事要顿拍，闹得大家心烦意乱，被责为"捣乱分子"。可他居然用顿脚的响声，给猎人发出警报，由此救了森林中的动物性命。《欢乐谷》里有一架会唱歌的竖琴，大家在它的歌声中劳动，成为一种乐趣。可是有一天，竖琴被天上的巨人偷去解闷了，大家顿时像失去了空气一样不习惯，最后，米老鼠和友人们上天，救回了竖琴，并将寂寞自私的巨人带回了人间，共享集体快乐的生活。

原载2022年12月7日《文艺报》

为儿童翻译的一生：任溶溶先生访谈

访谈时间、地点：2011年10月12日15—16时于上海

王东亮　罗湉　史阳

采访人（问）：任老您好，非常感谢接受我们课题组访谈。这次访谈主要围绕您个人的求学过程和学术道路进行。您早年加入少年儿童出版社，后来又在上海译文出版社、《外国文艺》编辑部工作，同时在儿童文学翻译创作领域一直笔耕不辍。请您先介绍一下求学过程，以及是如何从中文系毕业后转入外国文学领域的。

《给孩子们讲讲火车，谈谈城市》书影

任溶溶先生（答）：我中学上的是英国人在上海办的雷士德中学，学校主讲英文，除了国文和地理用中文教，其他课程都是英文讲授，所以我在中学就过了英文关。中学期间读了《鲁迅全集》，对我影响很大，思想倾向进步。

有个中学同学叫梁于藩，他是地下党员，后来去联合国工作了。当时党领导了拉丁化新文字运动，我们几个进步的同学就参加了，这对我帮助很大。关于这个运动说来话长，主要是想用拉丁字母拼音替代汉字。那时希望大家都很快学会拉丁字母，能够读书看报、写信写文章。参加运动对我最大的影响是提倡口语，这跟我后来从事儿童文学工作有很大关系。

因为读了鲁迅，我就喜欢上外国文学，看了很多翻译的外国小说。我小时候念过三年私塾，旧文学根底还不错，但总归觉得古文比较难，读古书很费劲。我念大夏大学时就特地选了中国文学系，因为觉得外国文学不用人家教，可以自修，还是读中文好。

读书的时候，我同时也学俄文。翻译家草婴是我在雷士德中学的同学，他很早就学俄文了。因为他俄文很好，我就向他请教，从字母开始学，他等于是我的启蒙老师。后来我又找俄国人教俄文。这样我就学会了英文和俄文。其实我也学过一些日文，但是当初出于抗日情绪，不愿意好好学，后来才学的，所以日语是半吊子。另外因为拉丁化新文字运动的关系，我对语言很感兴趣。这种兴趣不是天生的，是我跟随党从事拉丁化新文字运动的过程中产生的。当时就像搞语言工作一样，读了很多语言学方面的书，也学了外语。学会一种外语再学另一种就容易多了。后来我还学了意大利语，现在觉得学西班牙语也会很方便，因为这两种语言有很多相通之处。我懂了几门外文，又读了中国文学系，毕业后遇到一个机会：一个大学同学到儿童书局当编辑（儿童书局当时是私营的，很有名），他缺少稿件，知道我懂外文，就

文坛往还　*109*

请我翻译些作品。1945年我从大夏大学毕业,大约1947年去了儿童书局。我去找国外的儿童书籍,在一个书店看到外国儿童书印得实在漂亮。我首先看到的是迪斯尼童话,是从美国运来的,彩色画页印得漂亮极了,和现在的一样,纸张色彩都很好。我就为同学翻译了不少童话书。我和地下党的关系很好,地下党员对我也很关心,特别是大翻译家姜椿芳先生。我当时并不知道姜先生是地下党文教方面领导人,只知道他人很好。他用苏联商人的名义办了时代出版社,出版《时代》杂志,后来也出书籍。他对我讲,既然懂俄文,就翻译些苏联儿童文学,我翻一本他就出一本。我觉得这可以解决生活问题,自己也有兴趣,于是专门翻译苏联儿童文学作品。

问:这么说,此前并没有有计划地翻译苏联儿童文学作品?

答:没有,我是从头开始的,成年人的文学倒是翻译过,比如我喜欢美国作家约翰·斯坦贝克的作品,翻译过也在杂志上发表过。后来儿童文学翻译成为我的兴趣爱好,也解决了我的生活问题。当时稿费不错的,比现在好。中华人民共和国成立前我开始给时代出版社翻译儿童书,我记得第一本书是《亚美尼亚民间故事》。翻译了几本就解放了。解放后我继续给时代出版社翻译。

问:改革开放30年以来,《外国文艺》在外国文学研究领域起到很大作用,影响很大,冲破了禁区,发刊号也给人印象深刻,您能再给我们讲一下当时的情况吗?

答:我还是讲讲儿童文学。我翻译外国儿童文学分成两个阶段。第一个阶段从中华人民共和国成立前直到60年代初。那段时期我一直翻译苏联儿童文学，1962年出版了最后一本苏联儿童文学书。我们解放后一边倒，都介绍苏联儿童文学。我认为苏联儿童文学是有成绩的，介绍苏联儿童文学没有错，因为他们的创办人、领导人是高尔基，他是内行，所以出来很多作家都是很好的，后来领导儿童文学的人也都是有水平的，所以我们介绍了很多好作品。不过次要的作品我们也介绍了，因为我们一年要出二三十本，只介绍最好的作品数量不够……

问：经典和现当代都包括吗？侧重在哪一方面呢？

答：经典肯定要介绍的，有些书这个那个出版社出过好多个版本，作者去世50年后就不用买版权了。这种书当然也应该出，但是对于需要买版权的著作，该买就得买。比如安徒生奖两年一次，明年又要有人得奖了，我希望编辑应该看看获奖作家的作品。也许不能出版，但是应该知道。

还有一个情况，本来我关心儿童文学有个便利，当时没有国际版权公约，我想介绍就介绍。现在不行，要通过出版社买版权，所以翻译的人都不那么关注了，因为看中了又不能翻。

问：在您翻译的儿童文学作品中，您本人比较喜欢哪几部？

答：这个自己说出来没意思。我认为文学作品和吃东西是一样的，青菜萝卜各有所爱，我喜欢的人家不一定喜欢，所以我不想说出来影响别人。

问：很多人都是读您翻译的作品长大的，对很多书印象深刻，比如《彼得·潘》《小飞人》《小鹿斑比》《木偶奇遇记》等。

答：各有所爱。我翻译的书五花八门，比如我翻译的林格伦的作品，他把儿童的顽皮写得很可爱，可是刚发表的时候还引起过争议，有人还反对。这个就要慢慢经过时间考验，现在大家都认可了。我喜欢《木偶奇遇记》，这跟我的个性有关，我喜欢热闹，比较轻松活泼的，看电视就要看快活的、大团圆的，不喜欢悲剧，受不了。

《俄罗斯民间故事》书影

问：我们还想请教一些翻译经验体会和翻译原则方面的问题。您同意出版《夏洛的网》的时候，《新京报》采访您，说原来译本有一些文言的痕迹，您的译本则接近口语，方便儿童接受。您是否主张儿童文学翻译要考虑读者情况，语言更清晰简明，贴近儿童阅读能力？

答：这个是很清楚的。原著是写给儿童看的，语言也很浅，我应该照样用写给儿童的浅显语言。我认为翻译的时候首先要"信"。"信、达、雅"是严复说的，他是用文言翻译的，一般人不容易读懂，所以要讲"达"，文言也特别注意一个"雅"。而我认为只要"信"就行了，原作什么语言就用什么语言，原文写给小孩子看的，翻译出来也要能给小孩子看。现在也可以讲"雅"，有些翻译工作者中文不够好，语言不通顺，所以要求要"达"要"雅"。其实都在"信"里面。原作通顺你也通顺，原作搞文字游戏你也要照样。我最大的本领大概就是对付文字游戏，我比较有办法，我喜欢文字游戏。有一本书我觉得无法翻译，就是《爱丽丝漫游奇境》，最好的译本是赵元任的，他是用游戏的态度翻译的，我认为这种书只能用游戏的态度来翻译，这里的文字游戏太多了。这本书还应该有更好的译本，我认为要重金奖赏翻译成功的人。它的文字尤其难译，英文里双关语很难的。比方说原文是：这很简单，简单得就像ABC，但中国人又不说ABC，我就翻译成：简单得就像一二一，这就是文字游戏。

当然现在有汉语拼音，我们也可以用ABC，但是不普遍，而且中文里夹杂ABC也比较怪。现在的儿童很小就学英语，可以用ABC，但是也很少在口语里这样讲。所以我讲汉语拼音ABC并不念ABC，学过英文的人都用英文字母读法来读汉语拼音，这个没办法。

问：还有一个问题涉及您的儿童文学创作。您的创作是受到翻译的启发吗？怎么想起来自己创作儿童文学作品的？

答：可以说翻译的过程就是学习的过程。开始我没有想过创作，但不知不觉就在学习。比方说我翻译了很多儿童书，翻译之后常常觉得还不过瘾，我会想如果自己创作的话，可以怎么写。我觉得自己可以写得更好，所以后来把生活中看到的好的素材都用本子记下来。60年代没书可译的日子，也是我创作欲最旺盛的时候。没有书翻译了，我总不能一天到晚不做事，我就想创作，开始写儿童诗。诗歌发表以后影响很好，一些老朋友写信来说我写得好，就应该这么写。其中三个人我至今还记得：一个是贺宜，一个是金近，他是个童话家，还有一个是胡德华，她曾经是少儿出版社的社长，后来当妇联领导人，是胡仲持的女儿。因为受到了鼓励,我开始大量地创作,一直坚持到现在。那时候我主要写儿童诗,现在也还在写,后来出了两个集子:《小孩子懂大事情》和《给巨人的书》。50年代我也创作,创作能力还是有的,但当时精力都在翻译上,没有很好地考虑创作。没东西翻译的时候我就开始创作了,后来翻译创作两手都做。童话集《"没头脑"和"不高兴"》是50年代写的,属于早期的。我写儿童书还有一个原因,我这个人没有常性,热情一下子上来又一下子熄灭了,写一百万字不可能,我喜欢写短的东西。

问:您在翻译创作的时候,对读者是否有期待?您怎么看待儿童文学的价值、目的?您创作的时候只考虑儿童,还是也想到成人?

答:我主要想到儿童,儿童是否喜欢是我所想的。

问:您长期接触儿童文学,也自己创作,那您觉得外国儿童文学在外国文学中的位置是怎样的?

答:儿童文学和整个文学相比,是一门新学问。过去并不重视儿童,所以儿童文学的历史是很短的。《格林童话》是最早的,也不过两三百年。现在很多人看不起儿童文学,觉得没什么了不起的大作品。这也不奇怪,但是不能怪儿童文学,因为它历史很短,《木偶奇遇记》不过两百年,所以大作品恐怕要慢慢积累。儿童文学作者怎么写出好作品是个大问题。现在儿童文学作者在中国处境比较难。中国儿童文学作家我最佩服的人是张天翼,我非常喜欢他的作品,他是天生的儿童文学作家。

问:您自己对外国文学十分热爱且一直与之打交道,您对后人晚辈有什么期待?

答： 我期待的太多了。期待他们多出好作品，多了解外国的文学情况，把好东西介绍过来，因为介绍外国文学作品对我国文学创作很有帮助，可以借鉴。希望好作品越来越多，也希望译文出版社出的书越来越好，这是我的希望。我非常感谢你们的工作，很有意义。还有，所有翻译工作者都是有创作力的，但是这些创作力大家不一定都知道。要让老翻译家多讲讲。

节选自《新中国60年外国文学研究·第六卷·口述史》（北京大学出版社 2015年9月版）

我和两个"任溶溶"

张朝杰

任溶溶有两个：一个是真的，一个是假的，我都认识。先说假的一个，是我1946年秋在上海物资供应局与他做同事时相识的，那时他名为任根鎏，后改为任以奇。再说真的一个，她是任以奇的女儿，名叫任溶溶，小时候在任家天井里，我为她拍过照。像我这样真假任溶溶都认识的人，现在不多。

一、岭南校友

任溶溶（即任以奇，下同）是广东鹤山人，与胡蝶同乡。我是广东潮阳人，与郑小秋（和胡蝶同演《啼笑因缘》等影片的男主角）是同乡。任溶溶在广州读过岭南小学，我在香港读过岭南高中，因此我和任溶溶同是岭南校友。在物资供应局，我们两人常用"白话"（广州话的俗称）交谈，不顾同办公室的他人"识唔识听"（是否听得懂）。

我和任溶溶做同事的时间不长。他因父亲年老，辞职去为父亲管理纸行。我常去找他聊天，聊得很投机。

1947年秋天，田云樵（中共地下党员）问我是否有可靠关系买到纸张，我立即想到任溶溶，因为我们两人都是左派，对时局看法相同。当时，田云樵的公开身份是"美文印刷厂"（董竹君为地下党需要而集资开设的）经理，又和周幼海（周佛海之子，中共地下党员）合资在南京路中央商场二楼设立写字间做黄金和股票买卖（实际上是地下党的一个联络点）。我带任溶溶去和田云樵会面。之后，田云樵派沈凡（中共地下党员，"美文"营业员）去和任溶溶接洽买纸的事。据任溶溶最近告诉我，当时物价飞涨，国民党金圆券严重贬值。他父亲在广州写信关照他停止出售纸张，但他仍卖给两家：一为"美文"，一为《少年报》（也是中共地下党办的）。

　　上文说过，我和任溶溶聊天很投机，话题之一就是两人都爱看的好莱坞电影。他情有独钟的是迪士尼的卡通片。1948年间，他送我一套自费出版的彩色故事书《小鹿斑比》和《小飞象》等，都译自迪士尼的英文原著。这一套书是他译作的处女作，自此以后，他将女儿任溶溶的名字作为自己的笔名。

　　1949年解放后，我在《青年报》编辑"时事版"，任溶溶在《新文字月刊》任主编。他每个月到我处取一篇谈时事的文章，翻译后刊出。在多次交谈中，我发现他对翻译外国童话仍有浓厚的兴趣。1952年他进入上海少年儿童出版社，我很为他高兴，因为我认为他是如鱼得水，英雄有用武之地了。

　　果然，我在报社阅览室里，看到任溶溶的译作一篇篇出现在少年儿童报刊上。一次见面时他告诉我说，他翻译童话故事用口语，译完一篇就邀请相应年龄的小朋友聚在一起，由他读完后问大家是否听得懂，有什么意见和建议。如此认真的作风，着实令人佩服！

之后，《青年报》上刊登了任溶溶译自俄文的《古丽娅的道路》，在读者中反响强烈。《青年报》社编辑部收到了很多读者寄来的读后感，于是就在《青年报》的"学习版"上，连续几期发表许多读后感的文章，还请当时上海市教育局一位领导同志写总结。

二、劫后重逢

有一天在公共汽车上坐在后排。车开到一个站停下，任溶溶走上车来。他看到我正想打招呼，我见了忙把头转向车窗。过了几站，他下车时回头又看了我一眼，此时真是无声胜有声。

二十一年后，即1978年，第二次回上海探亲，到家那天是6月2日，我看到报上有篇报道，是关于上海市少年儿童代表在市少年宫进行庆祝"六一"儿童节的。报道中提到的参加者中有"著名儿童文学家任溶溶"，还说任溶溶在庆祝会发表了讲话。我看后大喜，但不感到惊奇，因为任溶溶如此热爱童话，热爱翻译工作，热爱少年儿童，并受到读者的热爱，他成为海内外著名儿童文学家，是理所当然的事。

使我惊奇的是，我放下报纸，给他写了一封信，心想他一定会回信。想不到他没有回信，而是收到我的信后就到我家里来看我，请我到淮海中路"成都饭店"吃了一顿丰盛的午饭。吃饭时他告诉我，他自学了意大利文。我钦佩地对他说："你又打开了一扇窗户,让小朋友多看到一种风格的童话故事。"

我在1979年夏天重返《青年报》,这时任溶溶已经调到上海译文出版社,当了副总编。我去看他,他热烈祝贺我,签名送我一本《任溶溶选集》。在自序里,他说了用女儿名字做笔名的事。此时他的笔名早已名扬四海,他的真名反而鲜为人知。我有一次写信给他,写了他的真名,门牌写错了,被邮局以"查无此人"退回。我想地址不会写错,就换了个信封,门牌照旧,名字改为任溶溶,他收到了。再者,我打电话给他,他儿子接电话,我说请任溶溶听电话,他儿子从未喊"姐姐听电话!"总是喊"爸爸听电话!"

三、粤菜老饕

1995年,我75岁,无所事事;任溶溶比我小3岁,仍被译文出版社回聘主编《外国文艺》(月刊)和《外国故事》(双月刊)。后者主要刊登外国侦探故事。我一向爱看《福尔摩斯》等侦探小说和《尼罗河上的惨案》等侦探故事片,就试译了一篇美国短篇侦探故事送去给任溶溶过目,获得了他的青睐。于是,从1996年第一期到2001年第三期(停刊前最后一期),每期都刊有我提供的译稿。

在2000年我住进松江社会福利院之前,几乎每两个月我和任溶溶都会见一次面,除非是他因事外出不在,否则我和他总要轮流做东上馆子吃午饭。我们喜欢吃粤菜,因此我和任溶溶去得最多的是"杏花楼""新雅""珠江",也去过北海路一家港商开的粤菜馆。偶然为了换口味，就到梅龙镇吃川菜。任溶溶是美食家，上馆子总是由他点菜吃，讲究色香味，菜一上桌，他看一眼，吃一口，马上能说出这道菜是否做得地道。

1999年12月下旬，任溶溶到华山路丁香花园里一家饭店，参加我80虚岁的寿诞。我老伴一见他，还记得他解放前请我们两人到新永安大楼"七重天"吃过一顿很贵的西餐。我孙女看到他，高兴得不得了，因为她小时候最爱看他翻译的童话，拉了她爸爸和我，一起同"任爷爷"合影。

我住进社会福利院不久，任溶溶来电话说上海"政协之友"（市政协为当过政协委员的老同志成立的联谊会）问他是否参加松江游览观光，他得知此行会到福利院来，就报了名。

这又使我想起20世纪80年代里，上海各区选举人民代表。《青年报》社（当时办公地在陕西南路30号上海团市委里）和上海译文出版社同属静安区。《青年报》社所有同志都选了同一个候选人，只有我选了候选人之一的任溶溶，结果他没当上区人大代表，后来当上了市人大代表，随后又当上了全国政协委员。

他来到福利院，既不跟大家一起去会议室听院长介绍情况，也不跟去看看福利院的绿化区，而是直接来到我住的房里和我聊天，一直到导游来找他去吃午饭，我送他到门口握别后，他乘上车离去。

没过多久，松江区少年宫（后迁到新区成为青少年活动中心）的柳文耀老师来看我，说是任溶溶介绍他来认识我的。事后任溶溶在电话里说是他怕我在松江人地生疏，因此介绍个朋友给我，遇事有人帮忙。

柳老师在松江很有名，他后来教的两名小学生，赢得了全球华人中小学作文比赛两个一等奖。他为我安排了两次和任溶溶再次见面的机会。一次是他邀请任溶溶和我一起到松江区少年宫与小记者们见面，另一次是他借用一辆汽车接我同他到设在上海书城楼上的上海译文出版社新址与任溶溶见面。从此我和任溶溶未再见过面，只是通通电话。在电话里，他称我"朝杰哥"，说听到我的声音很高兴。

四、可爱老头

有一天，我在电视里看到，任溶溶著作的《没头脑与不高兴》被改编成了卡通片播出，感慨万千。我想，任溶溶从喜欢看迪士尼卡通片，译写迪士尼作品开始，到他的作品被拍成卡通片，可说是一个美梦圆满实现。

2005年，任溶溶被浙江少年儿童出版社邀请到杭州，参加纪念安徒生诞辰200周年的签名售书。据报道，任溶溶签名售出他所译的《安徒生童话全集》出售量很高。我看了这消息，打电话祝贺他。得知比我小3岁的老朋友依然不服老，仍在翻译新的外国童话，我只有一句话：这老头真可爱！

于是，我想起他写过一封像童话一样有趣的信，并找出来再看了几遍。信中说他那天跟"政协之友"来看我，我给了他一张福利院的菜谱，他放进皮包里，到家忘了这事。当夜他梦见来看我，门卫因他未带证件而不让他进门，他醒了，这才想起我有张菜谱给他，随即起床打开皮包一看，果然不错。他说要不是做这个梦，说不定就此忘了这张菜谱。这封信给我这个老头送来了欢乐。

我和任溶溶多年未见面，但经常通话，两人以继续笔耕为乐。后来，我从报上得知，任溶溶获得"上海文艺家终身成就奖"，便打去电话向他祝贺。他说："我受之有愧。"我这样回答："你受之无愧！"

原载《档案春秋》2013年第4期

报·道·摘·录

"让娃娃们觉得快活"，百岁任溶溶的翻译靠什么打动童心

许旸

"任溶溶坚持儿童本位，一直有颗童心，这是非常宝贵的，'我总想让他们看得开心'，虽是一句简朴的话，正是他成功的重要因素。"全20卷、总字数近千万字的《任溶溶译文集》面世，今天下午在沪举办的出版座谈会上，多位作家、翻译家纷纷表达了对百岁老人的美好祝福，上海翻译家协会会长、复旦大学外文学院教授魏育青记得，任老有个观点——"好的翻译者，外文要好中文也要好。翻译中要捕捉目标群体的诉求。因此，翻译儿童文学作品时，任溶溶非常注意口语化，既通俗易懂，又带着一种特别的韵味，这是很了不起的。"

翻开文集，仿佛推开一座瑰丽文学宫殿的大门，《任溶溶译文集》所选篇目皆为任溶溶翻译代表作，涵盖全球近40位作家的80余部经典作品，是其多年翻译成就和文学风格的集中展现，有较强的时代性与纪念性，由上海译文出版社推出，填补了国内相关领域空白。书中优秀作品滋养了无数儿童的生活，也见证了沪上这位近百岁老人的译海生涯。

任溶溶1923年5月出生于上海，他通晓多国语言文字，翻译

《任溶溶译文集》书影

了大量英、俄、日及意大利语等多语种儿童文学作品。1942年，任溶溶发表第一部翻译作品——乌克兰作家台斯尼亚克《穿过狄士郡的军队》。1946年翻译的第一个儿童文学作品《黏土做的炸肉片》在上海出版。此后，他陆续翻译的《安徒生童话》《夏洛的网》《柳林风声》《长袜子皮皮》《木偶奇遇记》《小飞侠彼得·潘》等经典在几代读者中广为流传。

　　"我翻译许多国家的儿童文学作品，只希望我国小朋友能读到世界优秀的儿童文学作品，只希望我国小朋友能和世界小朋友一道得到快乐，享受好的艺术作品。"任溶溶曾如是袒露，他关注孩子的成长，为了打造五彩斑斓的文学世界，他笔耕不辍，将自己对儿童的热爱了解融入翻译中，其译文通俗易读，亲切幽默，富有感染力，恰如其分做到了"紧贴儿童的心""让娃娃们觉得快活"。任溶溶的原创作品《没头脑和不高兴》《一个天才杂技演员》等同样深受好评。

"任老坚信：童年的主旋律是快乐，人生的主旋律也应该是快乐。他一辈子谱写着快乐的主旋律。"作家张弘谈到，任老近年来虽戴上了呼吸机面罩，但还一直坚持记日记，每天要写上一页。

"这真是奇迹，任老这种对于生活的爱，对文学的爱，对事业的爱，种下了爱的'因'，回报的是到100岁还能写作的'果'"。作家赵丽宏用"纯粹""坚持"形容他心目中的任溶溶，"他这一辈子做开心的事情，一辈子为孩子们写诗，为孩子们翻译。"比如《夏洛的网》里，讲夜晚很长，有译本翻译老鼠晚上在咬木板，任溶溶翻译成"很响地啃这个木头"，活泼通俗。

《任溶溶译文集》收入了任溶溶译著中已进入公版领域的作家作品。经过反复推敲，并征得任溶溶本人同意，根据任先生的翻译分期及语种跨越等特点，译文合集共分为两大部分，第一部分共七卷，按照译作的体裁分卷，各卷收录作品以作家生年为序，同一作家以作品发表时间为序。第二部分共十三卷，按照可独立成卷的重要作家分卷，各卷以作家生年为序，同一作家以作品发表时间为序。

正如学者方卫平所言："任溶溶先生的翻译作品语种多，数量大，持续时间长，他的儿童文学翻译打通了东西方中外儿童文学交流的伟大桥梁，影响了一代代小读者，也对中国儿童文学的创作产生了深刻影响。"

在《任溶溶译文集》编辑出版过程中，任溶溶子女给予全力支持与配合。任荣康和任荣炼提供了大量任先生作品原件，仅资料收集整理工作就耗时一年有余，特别是其中相当一部分年代久远的作品，系经任荣炼将旧书稿件一页页扫描整理而成，珍贵难得。曾与任溶溶共事过的上海译文出版社编审吴洪和沈维藩参与文集分卷和《任溶溶翻译作品出版年表》编写的工作。

上海译文出版社社长韩卫东还记得，多次去拜访任溶溶，任老说："我一辈子为小朋友写书也好，翻译也好，就是为了开心。当时我很受感染，我也想，可能他的高寿与这种心态也有关系，一辈子为小朋友传播美好的东西，传播快乐，这是做儿童文学工作很重要的心理支撑。"

任溶溶翻译的《夏洛的网》的结尾是：他，是独一无二的，很少有人能同时既是真正的朋友又是天才的作者，而夏洛却是。

"我愿意用这句话来形容任溶溶先生本人，向他致敬。"作家简平如是感慨。

诗人、儿童文学作家金波说："任溶溶先生怀有纯真的童心，手握灵动凌云的健笔，引领读者走进世界儿童文学的园地，童年的阅读，一生的记忆。"

原载2022年1月12日《文汇报》

90岁老头任溶溶：随心所欲不逾矩

舒晋瑜

中国作家协会举办的第9届全国优秀儿童文学奖近日揭晓，任溶溶先生凭借《成了个隐身人》榜上有名，成为此奖项年纪最长的获奖者。今年6月，任溶溶刚过完90岁生日，这也是一份最大的生日贺礼。当"老头"任溶溶晋级为"90后"的时候，他在想什么？做什么？

任溶溶现在最大的兴趣是学韩文。

6月，任溶溶刚过完90岁生日。打电话的时候，他刚刚听完柴可夫斯基的小提琴协奏曲。他兴致盎然地对我说：我刚学了几句韩文。我今天想用韩文跟你说一句：干撒憨眯达。

什么意思？任溶溶说："谢谢你！"怎么就想起学韩文了？任溶溶说，在商店里看到韩国的点心，想知道上面的韩文是怎么回事。

任何时候他都对新鲜事物充满好奇、充满兴趣。打开他的翻译作品目录，吃了一惊，原来我们读过的若干经典儿童文学作品，都出自任溶溶之手：《长袜子皮皮》《彼得·潘》《假话国历险记》《小熊维尼》《夏洛的网》……

不止如此。他还创作了一系列几代读者都传诵的儿童文学：

《没头脑和不高兴》《我成了个隐身人》……

他自信地说，生来就是为儿童写作的。

1947年，在儿童书局办杂志的同学找任溶溶帮忙翻译作品。任溶溶跑到外滩别发洋行去找资料，看到许多迪士尼的图书，非常喜爱，就一篇接着一篇翻译。除了向《儿童故事》供稿，他还自译、自编、自己设计，自费出版了10多本儿童读物，如《小鹿斑比》《小熊邦果》《小飞象》《小兔顿拍》《柳树间的风》《快乐谷》《彼得和狼》等，都译自迪士尼的英文原著。

哪些作品介绍给中国的读者，他选择的标准很简单，那就是：古典外国儿童文学作品。"流传了多少年，到现在还有生命力的；还有一条标准就是好玩，有趣。"1947年，时代出版社负责人姜椿芳通过草婴找到任溶溶，希望他帮助翻译作品，任溶溶选择只翻译儿童文学。

"20世纪50年代，我花了很大力气译儿童诗，包括俄国叶尔肖夫的长篇童话诗《小驼马》（即《凤羽飞马》）、苏联马雅科夫斯基、马尔夏克、楚科夫斯基、米哈尔科夫、巴尔托，意大利罗大里的长短儿童诗。"任溶溶的这些诗当时大受小读者欢迎，一印再印。孩子们读起来是否顺口，是任溶溶最关心的。至20世纪60年代初，翻译一时停顿，任溶溶却觉得自己有许多东西可写，又一口气创作了许多诗歌，"应该说，这是我长期翻译外国儿童文学，学到了不少东西，让我入了门的结果。"

儿童诗的翻译虽然做了很多，但是不如故事流传得多。任溶溶说，唐诗大家都读，新诗却没人背。诗歌爱好者少是原因之一，另外也说明儿童诗功力不够。任溶溶的儿童诗总是让人发笑的，浙江少儿出版社刚刚出版了他的两本诗集:《我是一个可大可小的人》和《我成了个隐身人》。学者方卫平评价说,任溶溶的童诗创作始终保持着一种世界性的思想与关怀的高度。同时,"他善于发现儿童生活中充满童趣的语言、场面和情感体验,加以定格、放大、渲染,从而表现童年独特的生活情趣,呈现出十足的轻喜剧的幽默。"

他很喜欢美国作家约翰·斯坦贝克的作品,因为他的作品不像其他作家情节集中,写得很自由,随便讲话般的东一榔头西一棒槌,令任溶溶"一见如故"。

"我为什么搞儿童文学?因为儿童文学就好像在跟小孩子聊天、讲故事,我喜欢随便聊天,我用的文字也是大白话。"他总是那么谦虚,"我没有什么本领,也没有美丽的词藻;也跟我的外文水平有关——比较浅。"

其实,他为孩子翻译和创作,却从未降低过对自己的要求,他翻译的百分之九十以上是儿童文学,同时他还译过《北非史》、舍甫琴柯的长诗、三岛由纪夫和公部安房的剧本,他说"儿童文学作家不能只会逗孩子开心"。小时候的任溶溶读过《三字经》《论语》《孟子》,大学又选择了中国文学,但是他却说,古文算不得有功底,读《三字经》是为了识字,大学里学了文学,也样样都不精。他说:"懂多少就会拿出多少货色,绝不会超出自己水平。"

当然,他也有不喜欢的儿童文学。比如《爱丽斯梦游奇境》他就曾明确表示看不出什么名堂。他还为此说过笑话:谁能把这本书翻译出来,可以重奖。他爱看故事性强的,爱看武侠小说。那些双关语比较多、文字游戏多的作品,他不爱看,也不大翻译。但是他认准，自己虽然不大懂，但是能够风行，肯定有它的道理。

对于外国文学作品翻译版本迭出，任溶溶有自己的看法。他说，有些是出版社为了谋利请人重新翻译，有些是译者认为自己翻译得好才去重翻。语言也在发展，解放前的译本现在重新翻译是有必要的，比方五四时期的文字，现在看来有点老了。他很少去翻译前人已经翻译的作品。"前人翻译的我不翻译，我不敢跟徐调孚比。我重新翻译，没有跟前人争的意思。"《木偶奇遇记》是因为英文版本有删节，他又学过意大利文，希望能照原版重新翻译一次。当时国内出版了《木偶奇遇记》十几个译本，但是任溶溶译的《木偶奇遇记》，是国内直接从意大利文翻译的唯一中文译本，首次印刷就达25万册。

还有一次是翻译《安徒生童话全集》。任溶溶说，自己没有跟叶君健比的意思。叶君健的翻译版本在上海译文出版社，版权被收回后，译文社的领导认为，这是看家的书，没有不行。因为任溶溶是译文出版社的工作人员，就找任溶溶翻译。任溶溶说："叶君健是前辈，我不敢翻译。"领导说，你不翻译总要找人翻译。"既然翻译了，就尽我的全力。我翻译《安徒生童话》，像跪在那里一样，后来就不跪了，我想既然做了，就照我的意思翻译下去吧。"

对于中国儿童文学创作，任溶溶认为应该熟悉、借鉴外国儿童文学。比如现在有安徒生奖，两年评一次，评出来比较好的作品，翻译工作者就应该及时介绍，应该让中国作家参考。他当时就在担当这个工作。他翻译的童话，外界评论为简洁、形象生动、充满童趣，那么他本人如何评价自己的翻译风格？

"没有风格。翻译无非是借译者的口，说出原作者用外语对外国读者说的话，连口气也要尽可能像。我总觉得译者像个演员，经常要揣摩不同作者的风格，善于用中文表达出来。"

六十多年，任溶溶翻译了三百余种童话。他心目中的儿童文学经典是怎样的？任溶溶说，他喜欢意大利的罗大里，英国的达尔，瑞典的林格伦。任溶溶最关心的是希望有人继承翻译事业，出来一些专门翻译儿童文学的翻译家。现在这支翻译队伍是太少了。目前的儿童文学创作都很用功，但翻译成外文是另一种要求，这是另外一种功夫，是两样不同的事情。

好奇心强、创造力强，从不守旧，任溶溶的创新意识是从哪里来呢？他说："每个人都有好奇心，现在最苦恼的不是翻译问题，我还是要创作，应该为中国儿童文学贡献点东西。还想写儿童诗。翻译不动了，但是我还在不断地在写儿童文学。"

他想，如果年轻的时候到世界各国走走，写一本专门讲吃的书一定很有意思。他年轻的时候喜欢唱京戏，喜欢老生，现在也还常常听京戏和古典音乐。遗憾的是中央戏曲频道的京戏越来越少，老是放黄梅戏、越剧。除此之外，他仍然天天动脑筋想儿童文学的题材，想写什么，他说"只要一有题材，一有工夫就写出来"。

原载2013年9月18日《中华读书报》

从来没离开过小朋友的任溶溶，离开了

贝小戎

2022年9月22日凌晨，著名儿童文学作家、翻译家任溶溶在上海的家中安详去世，享年100岁。

任溶溶先生通晓英语、俄语、日语及意大利语，七十多年间，翻译了《安徒生童话》《夏洛的网》《柳林风声》《长袜子皮皮》《木偶奇遇记》《小飞侠彼得·潘》等儿童文学经典。《任溶溶译文集》共二十卷、近千万字。

在很多孩子和家长眼里，任溶溶老爷爷翻译的童话就是品质的保证，肯定准确又有趣。他是南方人，写的经典童话《没头脑和不高兴》却是相声的路子。"没头脑和不高兴"这两种特征或者说两个外号放在一起就透着一股喜庆，让人忍不住也模仿一下，比如"飞毛腿和挪不动""千里眼和顺风耳""无事忙和总有理"。何况任老写的时候就是奔着搞笑去的，他说："我那时候天天听相声，讲话时学单口相声的口气，这一点，在童话的文字里也反映出来了。"

比如其中的第四段，"没头脑"过12岁生日那天，"我"送了他一堆东西：皮球、故事书、铅笔、本子，"没头脑"一边高兴一边说，连名字都给写上了，这是埋了一个梗。他妈妈说了："那你还

《任溶溶文集》书影

不快谢谢。"我说:"不用谢了,都是他自己的。"包袱就甩出来了,"没头脑"居然把那么多东西忘在别人家里了,平时都没发觉东西不见了,刚看到的时候也没认出来是自己的。东西虽然给送回来了,也不用致谢,因为生日的时候压根没送礼物。

任老曾经讲到《没头脑和不高兴》与《一个天才杂技演员》的创作缘起:他常到孩子们的集会上去讲故事,讲外国故事讲腻了,很想针对孩子们的情况讲点别的什么,两个童话就是这样产生的。角色都是从生活中来,他自己就是那个"没头脑",常常糊里糊涂的。"不高兴"则是好些孩子的口头禅。"遇到这种孩子,批评他们吧,他们总是不服气,认为这是小事,跟大起来做大事没关系。我就想,干脆让他们带着他们的缺点就变成大人去做大事,出点大洋相,这就是《没头脑和不高兴》。"

《没头脑和不高兴》是截稿前两个小时在咖啡馆里一口气写出来的，读了一下就交出去发排了。一部广受孩子喜爱的经典就这样诞生了。

任老曾说："我看童年的主旋律是快乐，人生的主旋律也应该是快乐！"他说他翻译国外儿童文学作品，是"希望我国小朋友能和世界小朋友一道得到快乐，享受好的艺术作品"。他认为优秀儿童文学作品应该好懂、好玩。所以翻译时有意识地多用口语。他的译文通俗易读，亲切幽默，富有感染力，恰如其分地做到了"紧贴儿童的心""让娃娃们觉得快活"。

《夏洛的网》是一部朴素又感人的儿童故事。年纪大一点的读者可能看的是人民文学出版社出的康馨的译本，可视为北派翻译。任老则是南派，他把瘦弱的猪翻译成"落脚猪"，把"容易受骗的（gullible）"翻译成了"阿木林"（傻瓜、呆子）：

蜘蛛说："人是阿木林。"

"'阿木林'是什么意思？"

"就是傻瓜，容易上当受骗。"夏洛说。

70年代，他开始学意大利语和日语。"白天在劳动间隙抢时间休息，甚至在菜场的柜台上睡过午觉，晚上就抢时间学，把生字和语法规则抄在薄纸上。"1979年，他从意大利文翻译了《木偶奇遇记》。

任先生说："一直翻译人家的东西，有时感到很不满足，觉得自己也有话要说。有时一面翻译，一面还对原作有意见，心想：要是让我写，我一定换一种写法。"他创作的《没头脑和不高兴》同样深受读者好评。1962年由上海美术电影制片厂拍摄成动画片之后，成为银幕上常映不衰的经典之作。

任溶溶先生本名任以奇，1923年5月出生于上海，祖籍广东鹤山。1942年，他发表了第一部翻译作品——乌克兰作家台斯尼亚克的《穿过狄士郡的军队》。

　　1945年，他从上海大夏大学中国文学系毕业。1946年发表了第一篇儿童文学翻译作品——土耳其作家萨德里·埃特姆的小说《黏土做的炸肉片》，从此开始了他的儿童文学翻译之路。

　　因为从少年时期起他就喜爱苏联文学，打算翻译苏联儿童文学作品，出版社很支持，前后一共出版了十几本书，包括马雅可夫斯基和马尔夏克的儿童诗、阿·托尔斯泰的《俄罗斯民间故事》、伊林娜的《古丽雅的道路》、科诺诺夫的《列宁的故事》等。

　　任先生翻译时对文字是非常注重的，他说："我只是感觉优秀的儿童文学作品除了使儿童获得艺术享受，受到美育教育之外，还要向他们进行语文教育。儿童正处在学习语文的阶段，一篇短文，一部长篇小说，都是在向他们进行语文教育，因此儿童文学工作者要有语文修养。我小时候上了三年私塾，读过《三字经》《千字文》《论语》《孟子》等，小学一年级的时候就会用文言文写文章了。后来我在大学里念的是中国文学系，那时候我对文字学和音韵学很感兴趣，因此有意选了这个系，结果就被古诗词迷住了，这也使我长了不少知识。"如《丑小鸭》中："在初春的清新气息中，样样看去都那么美丽。从附近一丛灌木中来了三只美丽的白天鹅，耸着羽毛，轻盈地游在光滑的水面上。"

　　因为任溶溶先生对中国儿童文学发展做出的卓越贡献，他曾多次获得重要儿童文学奖项，其中有"陈伯吹儿童文学奖"杰出贡献奖、"宋庆龄儿童文学奖"特殊贡献奖、中国翻译家协会"翻译文化终身成就奖"、"上海文艺家终身荣誉奖"。

任老开了一个好头之后，中国儿童文学佳作频出：郑渊洁的《舒克和贝塔》《皮皮鲁与鲁西西》、郑春华的《大头儿子和小头爸爸》、秦文君的《男生贾里》、陈丹燕的《上锁的抽屉》，还有"新生代"的张弘、殷健灵、简平等。

刘绪源在《我所知道的任溶溶》一文中说："他本来叫任以奇，他的女儿叫任溶溶，可他发表作品时，觉得这是给孩子看的，署个孩子的名字更好，于是就署了'任溶溶'。结果'任溶溶'的名气越来越大，想改也改不回来了，所以，他家里有两个任溶溶，收信、接电话常常弄错。"这是任老一生中难得的一次失误吧。

任老的著作为一代又一代中国孩子带来了欢乐，人们会永远感激他。

原载2022年9月22日"三联生活周刊"微信公众号

纪念任溶溶:
百岁仍是少年，一生不改童心

叶克飞

一位影响了几代孩子的老人走了。2022年9月22日，出版家、作家和翻译家任溶溶在上海辞世，享年100岁。

以《"没头脑"和"不高兴"》等经典作品陪伴几代中国人的任溶溶，原名任根鎏，出生于1923年5月19日。他是广东江门鹤山人，生于上海。1927年随父母回到广东老家，定居广州西关。1937年回到鹤山老家暂居，1938年回到上海就读中学，1945年毕业于上海大夏大学（现华东师范大学）。

1942年，任溶溶发表了人生首篇译作《穿过狄士郡的军队》。1946年，他以易蓝为笔名，在《新文学》发表了人生首篇儿童文学翻译作品《黏土做的炸肉片》，从此开始儿童文学翻译之路。

1948年，他正式以"任溶溶"为笔名，陆续在上海儿童书局出版的《儿童故事》杂志上发表译作。这一年他翻译的《小鹿斑比》《小飞象》等童话故事，让中国儿童也有了甜蜜的"睡前故事"。1949年后历任上海少儿社编辑部副主任，上海译文出版社副总编辑。

生于上海、大半生在上海度过的任溶溶，有着这座城市的海派气质。他始终坚持开放心态，吸纳来自全世界的优秀儿童文学名著。他通晓俄、英、意、日等多种语言，译作包括童话剧剧本《十二个月》，童话《安徒生童话全集》《木偶奇遇记》《洋葱头历险记》《彼得·潘》《长袜子皮皮》《吹小号的天鹅》《夏洛的网》，民间童话《俄罗斯民间故事》等。

语言天赋让任溶溶的译本独一无二，比如《木偶奇遇记》有过不少中译本，但多是其他语言转译，任溶溶的译本则是国内唯一由意大利文原著直接翻译而来，流传也最广。

开放心态也让任溶溶成为儿童文学领域的推动者。20世纪80年代初，面对着童书市场的匮乏，正是任溶溶有意识地将安徒生奖获奖者的作品陆续介绍到中国。尤其是对林格伦作品的引入，深刻影响了中国本土的儿童文学创作，过往过于呆板的文风被淘汰，真正以儿童视角呈现的儿童文学出现，家庭温暖与张扬自由天性成为新的母题。

4岁时回到广州就读私塾和小学的任溶溶，也有着故乡的气质——他的家乡鹤山古劳，如今以水乡景致闻名，在当年可是赫赫有名的"名人集散地"，影后胡蝶，咏春拳祖师爷、叶问之师梁赞，王老吉创始人王泽邦，香港导演黄百鸣等都出身于古劳乡。不管从事哪个领域，他们都有精益求精的精神和几十年无悔的坚持。

在儿童文学领域深耕七十多年，工作到生命最后阶段的任溶溶，当然也是他们中的一员。他曾说"我生下来就该干这一行，这一行也用得着我"，结果一干就是大半辈子。2005年，安徒生诞辰200周年之际，任溶溶翻译的新版《安徒生童话全集》出版，并获丹麦官方授权。当时他已年过八旬，却完成了近百万字的庞大工作量。他的俄文是自学而成，意大利语更是在"牛棚"的艰苦环境下自学而成，可见他的坚韧性格。

任溶溶所坚持的不仅仅是工作，还有一颗童心与对孩子的爱。"任溶溶"这个笔名就源自爱，老人家曾以《我叫任溶溶，我又不叫任溶溶》一文介绍笔名的来历。他刚开始写作时有几个笔名，任溶溶则是女儿的名字，因为深爱当时刚刚出生的女儿，他也就爱屋及乌，每每写出得意之作，便用"任溶溶"这笔名，直到自己也变成人们口中的任溶溶。

以童心观察世界，会发现许多大人无缘得见的视角。任溶溶正是凭着这颗童心，将生活中的故事搬到笔下。"没头脑"和"不高兴"这两个经典形象就来自生活，1956年1月，《少年文艺》的编辑向任溶溶约稿。任溶溶来到南京西路的上海咖啡馆，要来一杯咖啡，铺开稿纸，便开启了创作。

他曾这样回忆："角色都从生活中来，自己就是那个'没头脑'，常常糊里糊涂的。不高兴嘛，我的孩子有点倔脾气，叫他做什么，他就会说：'不高兴！不高兴！'有一次，在少年宫和小朋友在一起的时候，这个故事竟然突然自己就跑出来了。小朋友们特别喜欢，后来出版社也听说了，他们就让我写下来，我在咖啡馆里半个钟头不到就写出来了。"

可贵的是，因为"文以载道"的传统和当时对儿童文学的要求，儿童文学作品普遍过于强调教化功能，过于沉重，但《"没头脑"和"不高兴"》一诞生，就展示出与众不同的幽默感与灵动之气，即使以今天的眼光来看也毫不过时。

总有人认为，人需要成熟世故，社会越复杂，人就越应该跟着

"复杂"，任溶溶却是个例外。他的人生并不平顺，而是经历过一次次跌宕。但正是那颗童心，让他在一次次逆境中保持乐观。童话是他的避风港，也是他抵御逆境的武器。

任溶溶曾用"童化"这个词来形容自己被儿童文学同化的人生："这种'童化'将世俗功利化的人生，变成一种审美化的人生，从艰难困苦中寻出美来，寻出趣味来"，所以，"我的一生就是个童话。"

任溶溶对生活的热爱，不仅仅呈现于作品中，也投射于人生的每一个角落。他酷爱美食，也极其贪玩。90岁那年，他的最大兴趣居然是学习韩语，而且起因是为了吃——他在商店里看到各种韩国点心，就一心想知道上面的韩语都写了什么。

这样的心态，许多人未及成年便已失去，任溶溶却保持了一生。他曾说"我跟小孩子没有隔阂，因为他们现在是小孩子，我也曾经是小孩子，他们的心理我晓得"。其实，直到100岁，他也一直是个孩子。孩子们爱他，他也能体验孩子的幸福。

《小王子》的作者圣埃克苏佩里曾说："每个大人都曾是孩子，可惜很少有人记得。"任溶溶记得，也因此而快乐，并将这快乐带给了一代又一代读者。

原载2022年9月22日"澎湃新闻"

千万不能糊弄孩子

——独家专访著名儿童文学家、翻译家任溶溶

张先琳　吕林荫

中国上海国际童书展昨日开幕，著名儿童文学家、翻译家任溶溶应邀担任童书展名誉顾问。日前，这位创作了《"没头脑"和"不高兴"》《一个天才的杂技演员》等众多经典儿童文学作品、翻译了《木偶奇遇记》《夏洛的网》等300余种外国童话的学界泰斗，接受了《解放周末》独家专访。

九旬老人，发丝如雪，童心不改，笑声纯朗。

面对赞誉，他说，"不要夸奖，也不要给我戴'高帽子'，我就是小朋友的粉丝，我一生都佩服、尊敬他们。千万不能糊弄孩子！"

误打误撞进了儿童文学的世界月亮在人的头顶上

人在桥上。

桥在水上。

桥在水下。

人在桥下。

月亮在人的头顶下。

这是一首儿童诗,名为《月夜小景》,上上下下,童趣盎然。小诗的作者是我国著名儿童文学家、翻译家任溶溶。

　　80多岁时,他以俏皮的童心和快乐的韵律,把日常生活写进了诗,于是有了儿童诗集《我成了个隐身人》。前不久,这本诗集以全票获得第九届全国优秀儿童文学奖,90岁的任溶溶成了这一奖项年纪最长的获奖者。

　　这是一次深深的致敬,致一颗天造地设的"童心",致他为孩子们倾力写作和翻译的漫漫七十载。

　　有人说,任溶溶的存在,是中国儿童文学之幸。

　　1923年春夏之交,任溶溶生于上海市虹口区。祖籍广东鹤山的他,在4岁时被送回广州老家念私塾,直到小学毕业才回到上海。

　　学过《三字经》《千字文》、读了很多杂书的他,一年级时就会用文言文写文章。他爱"创作",在二年级时,差点儿写出了"长篇小说"。因为喜欢看济公耍弄恶人的各种滑稽办法,他竟提笔给《济公传》写"续集",把能想到的荒唐幻想都凑上去,几易其稿后,从"第一回"到"未完"刚好抄满一张400字稿纸,得意地投稿给当时的广州《越华报》。接下来,他天天等回音,以便续写。"当然,报馆没有回音,我的这部'长篇小说'也就夭折了。"说着说着,朗声大笑起来。

　　这个天生有趣的人,当年可是误闯进儿童文学世界的。

　　1945年从大夏大学中文系毕业后,任溶溶完成了第一篇翻译作品——土耳其儿童小说《黏土做的炸肉片》,刊登在1946年1月1日出版的《新文学》杂志创刊号上。

　　虽碰巧是一个儿童文学作品,但他没想到从此与儿童文学结下了不解之缘。正式翻译外国儿童文学，是因为他的一位大学同学到儿童书局编《儿童故事》，约他翻译。他就到外滩别发洋行去找资料，看到许多迪士尼公司出版的图书，太喜欢了，就一篇接着一篇翻译。除了为《儿童故事》供稿，他还自译、自编、自己设计出版了《小鹿斑比》《小飞象》《彼得和狼》等十多本儿童读物，都译自迪士尼英文原著。

1947年，时代出版社负责人姜椿芳得知任溶溶会俄语，就请他译前苏联儿童文学作品，承诺"你译一本我就出一本"。

就这样，任溶溶误打误撞进了儿童文学的世界，他自忖"生下来大概是应该做儿童文学工作的"。

他叫任溶溶，其实又不叫任溶溶

有人问任溶溶：您是从什么时候开始从事儿童文学翻译的？他回答："只要晓得我女儿的年纪就好啦。"

原来，任溶溶原名任根鎏。1940年读初三时，他到苏北参加新四军。路上为了防止被家人找到，他决定改名。出发的那天是17日，他就按照这个日期的读音，将自己的名字改成了"任以奇"。在参加新四军半年后，因为生黄疸肝炎，他被部队劝退回上海。回到上海，他就从事起地下党领导的文字改革工作。

1947年，大女儿出生，取名"任溶溶"。因为刚有了女儿，特别欢喜，自那以后，碰到得意之作，他就署上"任溶溶"这个名字。

随着这个笔名影响力越来越大，"任以奇"成了"任溶溶"，而女儿溶溶也渐渐长大，麻烦随之而来：有人到家里来找"任溶溶"，一定要问清楚，"找老的还是小的"；小读者写信来，开头总是"亲爱的任溶溶大姐姐"、"亲爱的任溶溶阿姨"。

也是从那个时期开始，通过任溶溶的译笔，中国的小朋友结识了瑞典的小飞人卡尔松和长袜子皮皮，意大利的匹诺曹和洋葱头，英国的沙仙、女巫和彼得·潘……和他们一起经历冒险，长大成人。

他介绍的世界著名作家有：普希金、马尔夏克、马雅可夫斯基、盖达尔、科洛迪、罗大里、特拉弗斯、达尔、杨松、格雷厄姆、内斯比特、怀特……他为中国读者介绍的儿童文学盛宴，实在是太丰美了。

在希腊神话中，普罗米修斯冒着艰难和危险盗来上帝的天火，给人民带来温暖和光明。鲁迅曾用"窃火者"来比喻好的翻译家，而任溶溶正是中国儿童文学界的"窃火者"之一。

他翻译林格伦的《长袜子皮皮》时，曾引起很大的争议。

林格伦笔下的皮皮小姐爱吹牛，喜欢恶作剧，打同学，反抗老师，常常违背大人的意愿。这与20世纪80年代我国儿童文学中推崇的"乖小孩"形象并不相符，出版社担心这样的作品会带坏小孩子，被批评成"坏书"；但任溶溶还是坚持一口气翻译了林格伦的8部作品。这些作品中，既包含了家庭和社会带给孩子的温暖，也体现出孩子们不羁的个性。孩子们在渴望温暖的同时，也渴望冲破束缚，张扬自由。毫无疑问，这片自由自在的天地，深深吸引了小读者们。

经过时间的考验，任溶溶的独树一帜最终得到了认可，并为我国儿童文学创作打开了眼界。难怪有人说，他改变了中国儿童文学的面貌。

半小时里写出《没头脑和不高兴》

翻译的儿童文学作品多了，便生发出创作的灵感和念头。

进入创作领域后，任溶溶又成了一位了不起的童诗和童话作家。

他是大名鼎鼎的"没头脑"和"不高兴"的"爸爸"，这对好朋友的故事让每位读者都看到了自己儿时的影子，"没头脑"便是任溶溶以自己为原型创作的。

"没头脑"记什么事情都要打个折扣，长大后成为一名工程

《没头脑和不高兴》电影海报

师，糊里糊涂造了三百层的少年宫，却忘了安装电梯；"不高兴"做事情都由着自己的性子来，在少年宫演《武松打虎》里的老虎，他不高兴了，武松怎么也"打不死"老虎，还被老虎追着跑，叫人看笑话。

这个生动诙谐的故事将夸张用到极致，而它竟是"突然自己跑出来的"。

当时，任溶溶经常到少年宫给小朋友讲故事，总是讲译来的故事不过瘾，他就尝试自己编故事。讲着讲着，"没头脑"和"不高兴"就"自己跑出来"了。小朋友们听了以后特别喜欢，《少年文艺》杂志就约他写下来。当时版位也给他留好，截稿时间到了，任溶溶坐在南京西路著名的"文艺俱乐部"——上海咖啡馆里，半小时就写出了5000多字。后来上海美术电影制片厂把它拍成动画片，影响更大了，让几代读者笑痛了肚子，成为中国童话幽默夸张最成功的典范之一。有一次，任溶溶坐着49路公交车，行驶在华山路上，身后坐着一位老爷爷和他的小孙女。

当时，小孙女正在跟她爷爷讲《没头脑和不高兴》的故事。由于小女孩年龄太小，复述故事的时候东拉西扯，爷爷怎么也听不懂，而坐在前面的任溶溶不但听懂了，心里还乐开了花。再没有比作品得到小朋友喜欢更叫人高兴的事了！

为翻译最喜欢的《木偶奇遇记》，自学意大利语

很少有人像任溶溶这般，翻译和创作生命绵延70年，一直保持旺盛的热情、极高的产量和艺术水准。

2004年，为纪念安徒生200周年诞辰，80岁高龄的他新译了近百万字的《安徒生童话全集》，被丹麦驻华大使米磊先生赞为"高品质翻译"。

　　去年，他被中国翻译协会授予"翻译文化终身成就奖"。

　　事实上，在20世纪四五十年代，年轻人并没有太好的条件接受系统的外语教育和训练，而任溶溶却以惊人的语言天赋和自学能力做到了精通俄语和英语，能通读日文和意大利文。

　　他曾在英国人办的雷士德学校念中学，许多课程都是全英文讲授，因此，他在中学时就把英文操练得十分到位。

　　他学习俄文的启蒙老师则是中学同学草婴，就是翻译了托尔斯泰小说全集的那位大翻译家。20世纪40年代，任溶溶开始翻译前苏联儿童文学。由他翻译的《古丽雅的道路》与《钢铁是怎样炼成的》《卓雅和舒拉的故事》等前苏联文学作品一道影响了几代中国人。

　　"其实我也学过一些日文，但出于抗日情绪，不愿意好好学，所以日语是'半吊子'。"直到"文革"的时候，任溶溶从干校翻译连调到上海人民出版社翻译室，那时电台正好开办日语广播班，任溶溶重拾日语。资料室里的《日本文学集》和《日译世界文学集》立了大功劳，各有几十厚册，他一本一本借来读，不仅学了日语，也长了许多文学知识。

　　而为了翻译最喜欢的意大利童话《木偶奇遇记》，任溶溶又学起了意大利语。

　　"文革"开始，他就靠边，无事可做。于是，他找出意大利课本学习意大利文，他早就想学，只是没工夫，现在正好有时间。他晚上学，把生字和语法规则抄在薄纸上，白天在"牛棚"里背，再加上一本意大利文版的《毛主席语录》，就这样学会了意大利语。

1979年，任溶溶终于如愿把《木偶奇遇记》译成了中文，1980年5月，由外国文学出版社出版。这是国内数十个中译本中，唯一一个直接从意大利文翻译过来的译本，受到广泛好评。

历任上海少儿社编辑部副主任、上海译文社副总编辑的任溶溶，直到2003年才退休。退休后，他又对韩语产生了兴趣。"以前还请教译文社的韩文编辑，不去社里后，也就没人指导了，发音不标准；但看到韩文我总想着试拼一下发音。"他开玩笑说："电视里播出朝鲜火箭发射的新闻，我跟着拼火箭上刻的几个字；但还没拼出来，火箭就飞走啦！"

最爱写的还是儿童诗

与任老聊天，时时刻刻被他的幽默和童趣感染。

他说，"我这个广东人生来爱好美食。""文革"时，"打倒中国的马尔夏克任溶溶"的口号不绝于耳，而他却当不知情，胃口照样很好，美食店关门了，就在自己家里烹饪。抄他家时，发现他的银行存款只有一块四毛钱。母亲常说他是"脱底棺材，吃光算数"；他说，"我最钟情的还是儿童诗创作"，因为"我这个人有个最大的缺点就是没耐心，长篇是写不了的，写诗符合我的个性"；

他说，家里的"第四代"来探望总是高兴的，和孩子玩上一整天，心就立刻活起来。孩子一走，他就能写出一组儿童诗，还得意地到处向人炫耀。

他最爱写儿童诗，也爱唐诗。他在88岁时又一板一眼啃起了唐诗，发现唐诗三百首，熟悉的其实只有四五十首。

"发白红心在，豪情似旧时，愿穷毕生力，学写儿童诗。"这是半个世纪之前，任溶溶写给自己的一首小诗。他把童心童趣置于儿童诗中，虽以素面示人；但让诗歌呈现一种高贵的单纯。

鲐背老人，有何新愿？

他说："现在大家都在谈论中国梦，儿童文学也是非常好的中国梦。我的梦想就是中国的儿童文学走向世界，让全世界的小朋友都喜欢。"

对话：都要成"龙"，哪有那么多"龙"

解放周末：国际童书展从今年起落户申城，您觉得这对中国和世界的童书事业发展将产生怎样的影响？

任溶溶：这是一件非常好的事情，童书展的主办方刚刚还来电话邀请我在书展上和小朋友交流，我感到很高兴。国际童书展能够在上海举办，是个很好的开始，让世界童书出版业注意到中国的市场，而且上海也可以借这个窗口看到世界各国儿童文学的发展情况，意义很大。

解放周末：您对国外的童书展有怎样的了解？

任溶溶：一点都不了解。在我翻译外国儿童文学作品的时候，还不可能世界各地跑。改革开放以后，每一年外国举办重要的童书展时，上海都会派相关人士去参加，现在的儿童文学工作者，眼界比我们那时候宽阔多了。

解放周末：您翻译过很多外国作品，您觉得中外儿童文学的差异是什么？

任溶溶：各有千秋。虽然中国作家是写给中国小朋友看的；但是小孩子都是小孩子，外国小孩子也在看。外国作家是给外国小朋友写的，中国的小孩子也要看。

解放周末：您眼中的好童书是什么样的？

任溶溶：首先要小朋友喜欢，看了觉得有意思。其次，好的作品是没有时间限制的。我小时候最喜欢的一本童书是《木偶奇遇记》，我现在是90岁的老人了，依然非常喜欢。而且不仅我们这代人喜欢，现在的小朋友也很喜欢它。

解放周末：您怎么看待现在国内儿童文学的创作情况？

任溶溶：我最近看书很少，关于这方面的问题我无法回答。不过，我有很多搞儿童文学创作的朋友，他们都写出了很好的童书，虽然没全看过；但是我相信一定是好书，因为很受小朋友的欢迎。你们要去问他们，他们年轻，看到的新书比我多。

解放周末：您对现在的创作者有什么期待？

任溶溶：我已经不能写什么东西了，希望都在他们这些年轻人身上。我希望今天年轻一代的文学家能用丰厚的文学修养，建起位于金字塔塔尖的儿童文学。

解放周末：您大概也注意到了，现在的小朋友多了网络游戏、电玩等各种高科技的"新伙伴"，童书的地位难免受到动摇。

任溶溶：小孩子总是喜欢新鲜的东西嘛，这无可厚非。当然老师、家长要鼓励他们多读书，因为书籍给孩子的心灵滋养是那些新东西代替不了的。

最近有两件事情给我很深的印象，我非常感动。一个是少儿京剧电视大赛，哎呀，这些小孩子怎么这样厉害，那么小就能演出那么好的戏！

另外一个是中国汉字听写大会。我是中国文学系毕业的呀，写了几十年书，还没有这些小选手认识的汉字多，佩服，我太佩服了！我简直成了他们的粉丝！题目这么难，这些小孩子都泰然自若，太厉害了。因此，我对小孩子绝对不敢轻视。

解放周末： 因为您不轻视他们，尊重他们，所以才能写出抵达儿童内心深处的作品。

任溶溶： 为儿童写作的人都应该这样。孩子是可爱又了不起的，我们大人不能糊弄他们，更不能欺骗他们，一定要给他们好作品。

解放周末： 您现在还为孩子们创作吗？

任溶溶： 还会写，不过都是些零零碎碎的小文章，写写"报屁股"咯。（笑）解放周末：您真是童心不改！

任溶溶： 不瞒你们说，我现在可不想返老还童了。现在的小孩子没有我小时候快乐，被管得太死了，各种功课我想想都害怕。现在每个孩子好像都要成"龙"，哪有那么多"龙"？我觉得人的一生，尤其在童年，快乐才是最重要的。

原载2013年11月8日《解放日报》

任溶溶的本事

李小蓉

一句口无遮拦的"任溶溶是个好老头",招来一个采访任务。原来《编辑学刊》对"任爷爷"心仪已久。任老年生于上海,属猪,18岁始当编辑,至今已有64年编龄,且这个编龄还在长。

其实我和任老交往很少,但他在译文出版社的口碑极好,我一直能感受到。关于他一丝不苟的治学治编精神,他的大度和幽默风格,他与人为善的品性,以及精到的美食能力,耳熟能详。

任老的治编思想非常透明。

半个世纪相对稳定的出版事业在近十年中加速成为出版企业,出版物的商品属性前所未有地被强化,甚至有至高无上的趋势。任老对于身处这样的大环境中的编辑抱有十分的同情,他直言"现在的编辑我当不来,要我找选题时确准它能卖出去多少本,我没这个本事。"

任老的本事,是在浩瀚的书海中,尤其是在各色外国书海中慧眼识别出有价值的东西;任老的本事,是挑选好译者,并与之保持良好的关系,使被译作品以贴切的中文呈现出来,原汁原味、品相无损。当然,任老还有自任好作者、好译者的本事,比如他翻译的《安徒生童话》，他制造的"没头脑"和"不高兴"，影响了不止一代人。

"过去当编辑，大多对自任编辑的那个领域十分熟悉，比如俄国文学书的编辑，自己往往就是俄国文学的专家。我开始做编辑工作是给当时的华东新华书店总分店，即后来的华东人民出版社主编《苏联儿童文艺丛刊》；后来我到少年儿童出版社负责译文室工作，上海译文出版社成立后，我来译文社参与创办《外国文艺》和《外国故事》。我一直认为，做个好编辑就要会找好选题。"在任老的思想里，好选题就是那些有价值的有益于读者提高文化素养的选题。表面上看，任老的思想也许跟不上现在动辄"排行榜"的形势，但是，他的思想更经得起时间的检验。任老不是一个保守的人，早在我们的书刊还没有从"大左轮子"里转出来的80年代初，他已经在向读者介绍川端康成了。不过，任老看重的还是作品的文学性。

听得出来，星期四任老接到我要求采访的电话有点突然，我知道他心里一定是烦被采访，但他的反应却是"我星期一去你办公室吧"，他喜欢与人方便。他还会将很争议的问题以很轻松的口吻说出来："有一回，我的一张'航空线路图'（指稿纸）上拉来划去填满了各色色笔的修改线条和文字，充当了正反两次教员。一边说瞧，一个好编辑就是这样工作的；另一边说：瞧！那样的稿纸绝不是一个好编辑改出来的。"任老说这话时，表情很生动。

"过去看译稿，是逐字逐句地中外文对照着看，不敢马虎。少儿社有个任大星，有人前去请教如何做个好编辑，任大星回了一句此后在我们中间十分流行的'名言'——'好编辑就是一个字一个字地读"。任老以其一贯的幽默,没有对此句多加注释,但是此话经得起思考。

和任老谈话,发现他对所有的同行都抱以尊重、理解和宽容,唯独看自己时,记住的不是之处却很多。任老说当编辑很容易犯错误,错误之一是自以为是,他自己入行不深时也很自以为是过。"记得还是在少儿社,有一回陈伯吹先生把我请到了他办公室里。陈先生是位非常平和的长者,说话也含蓄那时做终审。他先是很客气地说我稿子改得很好,接着说'我看译者也没译错,你看不改也可以吧'我当时就感到此话的份量。"任老说,一个没有经验的编辑常会认为自己是最好的,会不由自主地把自己的风格加到别人的书稿上去,可是"智者千虑,必有一失,愚者千虑,必有一得",所以,学会欣赏别人的东西,也是编辑的一种功夫。"当然,我指的都是好译者",他补充。当然,那都是好译者和好编辑之间发生的事,我想。

有一点任老觉得没有争议,就是他完全赞同罗竹风先生的观点:好编辑应是一个杂家。可是,一个杂家得有多少底气才撑得起,我计算不出来。他说罗竹风先生曾写过一篇让他至今不忘的文章,就是谈编辑,谈编辑素质,为编辑工作的不易说话。其实至今仍有许多人不知编辑为何职,但若是没有编辑,出版物会是什么样子呢?我想。

任老觉得过去的编辑和现在的编辑最不同的,是前者只管学术而后者肩负销路。我想书刊领域里的这个矛盾会一直存在下去,但这个行业并非从此就只能在精神家园和图存谋利中取其一。想得很严肃的时候,思想突然开了小差。

都说任老从小对美食有独好、精品细尝的能力还是他妈妈培养的。自从译文出版社迁至福州路上海书城楼上，他已将沿福州路地区的大小食府中的特色菜肴研究了一遍。一问，任老虽然一如既往地谦虚，但也承认自己已经做好计划，并准备按计划去一一实施他的美食方案。经过八十年的磨砺，在这一行他也算是炉火纯青了，无奈应了他"智者千虑，必有一失"的常言，就在快80岁的时候，他还得了个"羊八块"的绰号。事出于那天他与同行们去崇明岛，午间餐桌上上了一大盘羊肉，半晌，除了他无人动筷子，

　　最后，八大块羊肉全由他一个人处理了。最后一个故事不是从他本人那儿采访的，是他的一个朋友说的。

原载《编辑学刊》2005年第4期

评·论·选·辑

"忠诚"策略在《地板下的小人》
任溶溶译本中的体现

——兼与肖毛译本对比

贾立翌

一、引言

在中国儿童文学史上，一大批儿童文学大家译介了大量外国儿童文学作品。任溶溶作为中国著名的儿童文学作家和翻译家，在承认儿童文学与成人文学的异同下，翻译时特别注意译文语言、风格和文化传递。许多潜心研究任溶溶的学者，大多数把研究重心放在其儿童创作和诗歌上，很少对其译作及翻译策略进行细致分析。《The Borrowers》是一部儿童幻想小说，是英国儿童作家玛丽·诺顿在1952年出版的代表作。任溶溶曾于1990年将其译为《借东西的小人》在浙江少年儿童出版社出版，后于2001年和2005年译为《地板下的小人》，在上海译文出版社和少年儿童出版社重印出版。任溶溶在这部译作中使用了切合儿童个性的语言和特色鲜明的口语化表达及少量加注，从翻译交际行为来看，这是译者在分析原文基础上，为实现译文预期目的，按照译语文化准则来选择的翻译策略。本文结合"忠诚"原则，旨在重现原文意趣，实现翻译交际效果，研究任溶溶的文化翻译策略在这部译作中的具体体现，兼与肖毛译本《借东西的地下小人》作比较，试图为儿童翻译实践提供一个新的可能性。

二、"忠诚"——功能学派下翻译策略的选择

20世纪90年代初，克里斯汀·诺德在"译本目的论"的基础上，提出"功能加忠诚"翻译原则，帮助译者选择翻译策略，达到译文预期功能。诺德在《翻译的文本分析模式》中首次提出"功能加忠诚理论"这一概念。她所说的忠诚，并不是忠实于原文，而是指译者、原文作者、译文接受者及翻译发起者之间的人际关系。译者应同时对源语文本和译本环境负责，对源于文本发送者或发起人和目标语读者负责，在分析原文的基础上，赋予译者很大程度的自由，译者有权按照译文功能和文化语境选择翻译策略，更好地处理文化特殊性。

诺德指出"按照译语文化的准则来调整或'改写'原文，是每个专业翻译者日常工作的一部分"。就儿童文学翻译而言，源语文本与目标文本处于不同的文化语境中，译者应协调各方面的关系，为实现译文预期功能，按照译语文化准则来调整原文，这具有一定的可行性和实践性。任溶溶翻译了大量优秀的外国儿童文学作品，他谈到译者的角色时强调"我总觉得译者像个演员，经常要揣摩不同作者的风格，善于用中文表达出来。我们译者也

就应该做到这一点，让我们的小读者看得懂，看得有兴趣"。很明显，任溶溶充分考虑到源语言与译入语语境的不同，翻译儿童作品时，尽可能保留原作的风姿，更为注重传达原作的意趣，从而选择最佳的翻译策略，满足目标读者在译语文化中的阅读需要。虽然原文和译文的接受者都是儿童，但由于接受者所处的文化语境不同，两种语言在表达上也有所差异。鉴于此，译者为了让在中国文化背景下成长的儿童接受作品，在译作《地板下的小人》中尽显儿童语言的本真，在词汇翻译策略上倾向于儿童口语化表达，如汉语叠词和语气词，并以少量加注的翻译方法处理文化因素，以实现交际效果，"使我们的孩子从译文中得到外国孩子从原作中得到的同样的乐趣。"

三、词汇策略在译本中的体现

"儿童文学作品既然是给儿童看的，文字自然浅显。"儿童的思维活动通常借助于形状、色彩和声音来进行，对儿童文学而言，语言要求更加形象化、口语化，口语化是"以日常用语为标准"的语言形式。任溶溶在翻译外国儿童文学时，忠诚于目标读者，坚持口语化的翻译原则，"我翻译时尽量用口语，像翻译民间故事一样，不要掉书袋，讲的都是'大白话'，目的是写给小孩子看，尽量让小孩子看懂。"，因此在他的译本中大量使用叠词和语气词，这不仅是儿童文学语言特点的两种重要现象，也是语言口语化的最佳表现形式。"汉语叠词，就是用重叠音素或音节来构成的词"，汉语动词的重叠有四大类型，单字叠词AA，双叠

AABBABAB，三叠AAA，附加式重叠（也称部分重叠）AABC，ABAC、BCAA，BA-CA，AAB，ABB，ABA，等等。叠词的作用在于突出了语言的动作感和音乐性，音调和谐，朗朗上口，给人以真切、细致的体验。下面试举两例来看看叠词在任溶溶译作《地板下的小人》中的体现：

"Oh,"said Arrietty, her face a light, "to beout of doors…to lie in the sun…to run in the grass…to swin gont wigs like the birds do…to suck honey…"(Mary Norton 2011: 36)

"噢，"阿丽埃蒂说，脸亮堂起来，"要到户外……在太阳底下躺躺……在草地上跑跑……像小鸟那样在枝头上荡秋千……吸吸蜂蜜……"

原文是阿丽埃蒂和她的母亲的对话，年仅10岁的小人阿丽埃蒂对属于大人们的外面世界充满想象，原文中三个动词不定式"to lie""to run""to suck"，被翻译成三个并列的动词叠词"躺躺"、"跑跑"和"吸吸"。由于汉英两种语言的巨大差别，不同文化语境有各自的语言表达习惯，英语中动词不定式可以很好地表现动作的力度，任溶溶充分利用汉语叠词这一特点，使译文更易为目标儿童所接受。上例三个动作叠词生动细腻地表现出阿丽埃蒂想要出去的迫切心情和语调，在形式上与原文对称，而且丰富了原文动词不定式的表现力和音乐感，对源语和译语环境负责。值得一提的是，译文用叠词这一词汇翻译策略再现了原文的意趣——洋溢着儿童的单纯和对世界简单的认知，显示出译者对目标语境下的小读者们负责的态度。

　　"It's so clever to live on alone, forever andever, In a great, big, half-empty house"
　　我不认为这是个什么聪明办法: 孤零零一家人永远住在一座空荡荡的大房子里。

　　此例原文用副词"alone"描写出人物的心理状态, 形容词"half-empty"来描述对家的感觉。小人阿丽埃蒂迫不及待地想了解外面的世界, 渴望搬到一个新家, 与其他的小人们接触, 不愿一个人被束缚在大房子里。我们不妨看看肖毛的译文"我认为, 独自在这个半空的高贵的大房子里永远住下去, 是一个很不明智的选择。"儿童与成人讲话方式、遣词造句, 甚至语调都不尽相同。肖毛的译本照着字面硬译, 把"alone"和"half‐empty"译为"独自"和"半空的", 忠实于原作, 但缺少口语特色。而任溶溶译本保持了儿童的语言特征, 使用ABB式叠词"孤零零"和"空荡荡", 译者通过译文给目标读者再现原文故事情节, 在目标语境中传达原文语言的意境, 汉语这种三音节状态形容词强调了人物的心理体验, 小人阿丽埃蒂没有朋友的陪伴, 形影单只, "孤零零"的失落感涌上心头。

　　任溶溶的译本中叠词的妙用不胜枚举, 除了例证中AA式和ABB式, 还出现大量象声叠词和数量叠词, 如"padding"译为"吧嗒吧嗒", "quarreling shrilly"译为"叽叽喳喳", "banged about"译为"乒乒乓乓", "laughing"译为"嘻嘻哈哈", 以声表形，从而闻声见形，不仅丰富了原文语言的表现力和音乐感，译文更是传达出人物欢喜雀跃的神态，更适合小读者们击节吟咏。儿童文学翻译理论家Ritta Oittinen认为能够大声朗读是儿童文学及其翻译的典型特征，汉语叠词读起来悦耳、顺畅，有节奏感，译者充分考虑到目标儿童的年龄特征和阅读习惯，叠词重复的音节更能引起儿童读者的兴趣和共鸣，增强了译文的可读性，实现了预期功能。译文中还把原文英语的复数名词大多以汉语数量叠词的形式出现，"Gates"译为"一道道门"，"varie gated balls of odd wool"译为"一团团各种各样的毛线""spools"译为"一只只"，这一道道门、一团团线球的形象呼之欲出，跃然纸上，使得译文意趣浓郁。

任溶溶在准确诠释源语文本的同时，更加注意目标语言所彰显的感情色彩，"翻译无非是借译者的口，说出原作者用外语对外国读者说的话，连口气也要尽可能像。"有大量的对话，任溶溶除了选择叠词的词汇策略，还使用了大量的语气词。现举一例，原文描写阿丽埃蒂随父亲第一次到外面的世界，看到青草蓝天的世界，她不禁欢愉"Oh, glory Oh, joy Oh, freedom"，译文是"噢，多美啊！噢，多快乐啊！噢，多自由自在啊！"译者在排比的结构下，按照原文本的语序，在每小句句尾添加语气词"啊"，创造出更鲜明的语气语调，用符合译语表达习惯的口语化语言最大程度再现原作的意趣，让目标读者们身临其境，产生很好的交际效果。翻译的忠诚性是从交际出发的，"指的是人与人之间的一种关系"。译者在开始翻译之前和做翻译的过程中通常需要明确地将忠诚献给既定的儿童读者，并充分考虑到这一读者群的特殊性，相应调整自己的翻译策略。

四、文化策略在译本中的体现

"翻译是创作使其发挥某种功能的译语文本。它与其原语文本保持的联系将根据译文预期或所要求的功能得以具体化。翻译使由于客观存在的语言文化障碍无法进行的交际行为得以顺利进行。"诺德提出了"忠诚"的原则，她认为，除了译文所需的材料必须与原文提供的材料相容之外，译文的功能也必须与原文意图相容，否则翻译就不可能了，而相容的定义有文化特殊性。翻译本身就是一个跨文化的交际行为，译者要充分估量源语环境和目标语环境的异同，选择符合目标语文化观念和习用语言结构模式的表达，对源语本文进行适当调整。任溶溶强调儿童文学作品不同于成人文学作品，"不能靠加注解来解决问题"，为了共同的翻译目的，实现交际效果，我们只好把"外文的文字游戏设法按原意变成中文的文字游戏"，让目标读者从译文中得到和原作中同样的乐趣，他强调"这似乎不太符合翻译'信'的原则，但通过这个办法，让中国孩子和外国孩子一样喜欢读这本书，这应该是原作者的希望，至少我认为这样做对得起原作者，符合原作精神，这倒是大大的'信'"。下面试举两例来看看任溶溶和肖毛对译作《地板下的小人》中文化因素的不同处理方法：

Take a hat pin, I told him, and tie a bit of name—tape to the head, and pull yourself upstairs.

我对他说，拿枚帽针去，在针头上贴上那种印有名字的布带，然后把帽针扔上去钩住窗帘，顺着布带往上爬。

我曾经告诉他，戴上帽针，把一个小名条①系在帽针头上，就可以顺着它往楼上爬。上例肖毛的译本将原文直译过来，并选择添加注解的翻译策略，但对"Name—tape"艰涩的解释说明给儿童读者们造成了很大程度上的阅读障碍。对目标儿童来说，他们尚处于学习语言的初级阶段，思维尚未成熟，Oittinen在《Translating for Children》一书中指出，儿童读者对于陌生词汇的接受度比成人读者低得多，"欧化"的语言会产生含糊不明的意象，击溃他们的阅读兴趣。任溶溶面对原文出现的异质的文化因素，"Name—tape"译为"印有名字的皮带"，既符合原文的语义，又减轻了目标读者的阅读负担。诺德认为，译者作为斡旋于两种语言文化的协调人，对所译作品和翻译行为参与者的影响是负有特殊责任的。针对特定的目标读者，译者为了使目标语境达到应有的交际效果，"偶尔加注还可以"，这样即保留了儿童文学的特点，又提高了儿童的文学修养，这正是"忠诚"原则下要求译者应该具备的责任。综观译作，任溶溶仅作了3处加注，且短小、简洁，而肖毛的译作中出现多达18处注解，且冗长繁杂，译者要实现跨文化交际效果，不应加重目标儿童的语言负担，而应通过故事情节和人物塑造来完成。译者应该以任溶溶为典范，时刻将小

---

① 名条：一种狭窄的小布条，上面缝有一个印有儿童名字的小标签，在儿童上学或野营时，可以与他人的衣服相区别。成人的衣服上有时也会带有名条，目的与此相同。

读者是否能获得与原文读者同样的感受放在首位,强调目标读者的反应,从而提高译文的可接受性,做到对原作者负责的同时也对目标读者负责。

五、结语

诺德提出的"忠诚"翻译原则,要求译者了解读者和他们的阅读期待,在翻译过程中始终保持对原文及原文作者等相关参与者的忠诚。任溶溶作为当代鹤立鸡群的儿童翻译家和创作家,他大量的优秀翻译作品也从实践证明,由于特定的译文读者和特定的翻译目的,为在目标语境中实现交际效果可以选择适当的翻译策略。笔者认为,对儿童文学翻译而言,译者负责任地选择翻译策略,不仅体现了原文与译文同中有异,互为补充的关系,而且原文的深层含义通过目标语言进行调整而得以再现,具有一定的实践意义,可供儿童文学翻译家参考借鉴。

(原载《郑州航空工业管理学院学报·社会科学版》第32卷第2期2013年4月)

从接受美学角度探析任溶溶儿童绘本翻译策略

戴婧雅

任溶溶是我国著名儿童文学翻译家、作家,一生共翻译了三百多部外国儿童著作,曾荣获陈伯吹儿童文学奖杰出贡献奖、宋庆龄儿童文学奖特殊贡献奖、宋庆龄樟树奖、国际儿童读物联盟翻译奖等奖项。2012年,由于其在儿童文学翻译领域的卓越成就,任溶溶被中国翻译协会授予"翻译文化终身成就奖"荣誉称号。文学评论家刘绪源评价道:"在中国文坛上,翻译儿童文学作品,最拔尖的,就是任溶溶。"

学者张嘉坤的调查显示,从2006到2015年研究任溶溶的相关文章共有1553篇,占儿童文学翻译研究方面文章总数的一半多。任溶溶在中国儿童文学翻译领域的泰斗地位毋庸置疑。然而,笔者在中国知网上检索研究任溶溶儿童绘本翻译策略的相关文章却一无所获,这和任老的成就与地位极不相符。长期以来,儿童文学在庞大的文学体系中一直处于相对冷门的位置,这和社会发展阶段、儿童理解能力、中外文化差异及翻译难度不无关系。近当代以来,随着儿童素质教育愈发受到国家和个人的重视,儿童文学作品的地位不断提高,任老的翻译和创作在其中起到了相当大的推进作用。赵翠翠指出,任溶溶在儿童文学翻译过程中本着为孩子而译和以读者为中心的思想,遵循读者的视、听、说等审美需求,充分体现了接受美学的思想。

另外,研究任老翻译策略的论文普遍侧重译本精妙之处,却鲜少提及有待商榷之处。尽管任老的译作非常出彩,但有时为了追求句子结构统一和口语化会导致句意出现些许偏差。在任老的翻译基础之上研究并尝试改进这些译文,使后辈在儿童文学翻译道路上精益求精、不懈追求,有利于儿童文学翻译事业进一步发展繁荣。

综上所述,笔者认为该课题有研究的必要性。本文将结合接受美学理论,研究任溶溶儿童绘本翻译策略,希望借此总结儿童绘本翻译的一点经验,引起学界对儿童文学翻译的重视,促进儿童文学的翻译研究。

一、接受美学概述

接受美学作为一种文学批评理论,是以现象学和解释学为理论基础,以读者的接受实践为依据的独立自主的理论体系。它最早由姚斯和伊瑟尔于1967年提出,随后迅速发展并渗透到文学、哲学、美学等众多领域。接受美学于20世纪70年代后期在西方被应用在翻译研究领域,20世纪80年代后期进入我国翻译研究的视野,为文学作品翻译提供了新范式,为研究文学作品提供了新思路。

接受美学的核心是从受众出发，以读者为主体。在接受文本的过程中，读者的文化素养和审美水平得到提升，期待视野也随之提高。所谓"期待视野"，是指文学接受活动中读者原先的各种经验、文化修养、心理素质、知识水平、审美情趣、鉴赏水平等综合组成的对文学作品的审美期待。通过阅读层次适宜的作品，读者的经验与修养进入新的境界，由此获得更高的期待视野。接受美学之于儿童文学，则是通过层次适宜的作品，不断丰富儿童的想象力、提升儿童的理解力，使儿童的期待视野和思维能力不断发展。

　　童年阶段的阅读是审美能力、美好人性和正确三观的起点。绘本"纸短情长"的特质非常符合学前儿童独特的生理和心理发展特点。可见优质的儿童绘本翻译可以对儿童启蒙和儿童期待视野的提高起到促进作用。要培养儿童的知解力和想象力，提高期待视野，就必须把握儿童这一特殊群体有别于其他阅读群体的特性。儿童读者群年龄较小，词汇量和理解力尚待提高，晦涩僵硬、翻译腔浓重或不够生动传神的翻译作品会妨碍儿童理解和阅读。同时，儿童读者的专注力和专注时间相比成人读者非常有限，因此翻译儿童绘本需要通过一定的策略提高儿童的阅读兴趣和专注度，如塑造可爱而富有童趣的故事形象，使用尽量简单易懂的表达，营造朗朗上口的韵律感，传授以小见大的启蒙知识等。

　　以下笔者将从生动美、音韵美、统一美三个角度分析任溶溶的儿童绘本翻译策略和语言技巧。

二、从接受美学理论角度分析任溶溶儿童绘本翻译策略

（一）生动美

儿童绘本的主要读者是幼儿，过于简单、浅显的语言、油滑的语调不利于儿童语言能力的发展，但是生硬、艰涩、复杂的语言也会使幼儿丧失阅读兴趣（徐德荣，2004：33-36）。绘本《谁要一只便宜的犀牛》中："Who wants a cheap rhinoceros? I know of one for sale, with flopp years and cloppy feet, and friendly waggy tail."任老遵循接受美学中的相关原则，将其译为："谁要一只便宜的犀牛？我知道有一只正在出售，他耷拉着耳朵，走路啪嗒啪嗒，后面拖着一条摇来摇去的尾巴。"他将原文中"with"引导的定语结构译为三组动词短语，将"floppy"译为"耷拉着"而不是"低垂的"，这是因为"耷拉着"更生动形象、富有童真，意味丰富。其次，任老巧用口语化的表达，将"cloppy"和"waggy"译为"啪嗒啪嗒"和"摇来摇去"，拟声词和叠词的使用给人如闻其声、如见其貌的感受，极大地增强了绘本的生动性和可读性。由此，一只可爱机灵的犀牛形象跃然纸上。任老的绘本翻译作品，通过童真童趣的表达，幽默温情的语调，生动鲜活的人物形象，充分调动了儿童的阅读兴趣，这显然是接受美学以读者为中心理念的体现。

为便于儿童理解情节、保证情节的流畅性，相似的情节和表达可能会在绘本中重复出现。这时就需要译者根据情境，做出贴切、多样化的处理，以保证译作的生动性，避免单调。绘本《咕噜牛》中多次描述小动物们见到咕噜牛纷纷慌忙逃走的情形，

"of fhe…to…"这一结构多次出现。任老根据语境，巧妙地做出了多样化的处理，使人读来趣味盎然：

And off he slid to his log pile house.
哧溜溜他就不见了。
And off he flew to his treetop house.
呼啦啦他也不见了。
And off he ran to his underground house.
转眼间他也不见了。

任老通过三个副词"哧溜溜""呼啦啦""转眼间"，巧妙地赋予了相似的语境不同的情态，使之读来丝毫不枯燥。同时，"to his…house"这一重复结构在翻译过程中被压缩，这使得三句译文在结构上简单轻巧，形式上高度统一，意义上容易理解。

（二）音韵美

这一原则在任老的作品中得到广泛体现，如《谁要一只便宜的犀牛》中：

But he is lots of fun at the beach because he is great at imitating a shark.
在海边，他的乐事多又多，扮鲨鱼，好得没话说。
He is wonderful for playing records if you have no record player.
要是你有唱片，可是没有唱机，那就让他在唱片上团团转，转出哆来咪。

在这两句的处理上，原文句幅相对较长，任老将原有的长整句拆分为多个短句，长短相生，营造了很强的节奏感和音乐感；将原本单调的结构调整为AABB韵式，增强了译文的可朗读性。他在译出原句含义的基础上，创造性地"根据儿童的阅读理解能力对情节、语言和特征进行调整"，脱离了原文相对单一的叙事结构，赋予绘本以特有的语言风格，似诗似歌，营造出"一种张弛有度、急缓相宜的优美节奏感"，简单而不失童趣，也更符合中国传统文学作品的表达形式，展现了其精妙绝伦的翻译实力和深厚的语言功底。又如"He makes a good bloody ferocious pirate."被译为"要玩儿英雄救美，那个凶恶海盗，不找他扮还找谁？"任老没有将其译为"他很会扮演凶狠残忍的海盗"，而是考虑到儿童的接受能力，遵从接受美学中的期待视野原则，创造性地提出了"英雄救美"这一故事背景，从而迎合小犀牛憨态可掬的形象设定——大家都不想扮演坏海盗，小犀牛却愿意且能够扮演得很好。原文连用三个形容词"good、bloody"和"ferocious"营造韵律感，任溶溶译文则用了"英雄救美"和"凶恶海盗"两个四字格，使译文有较强的可读性并兼顾忠实性。

（三）统一美

任老先生翻译的统一之美首先体现在忠实原则上。忠实自古就是翻译的根本，严复的"信达雅"、傅雷的"神似"、钱钟书的"化境"、刘重德的"信达贴"都予以理论支持。大量的翻译实践表明：忠实性是有"度"的，即只能实现相对的忠实，不存在绝对的忠实。东西方语言、文化本就存在差异,要实现绝对的忠实是不可能的,只能尽可能从风格、意义上贴近原作。因此任老认为,忠实不一定是受限于原文,语言形式可以摆脱原文的束缚,但是精神和原作传达的意义与目的一定要保持一致。

统一美在句式结构上也有所体现,具体表现为字数相等、词性相同、格式一致。比如《戴高帽的猫》中:

"I know some good games." 我知道些好游戏。
"We could play,"Said the cat. 我们来玩。
" I know some new tricks,"Said the Cat in the Hat.
我知道些新戏法,我们来变。
"A lot of good tricks." 好玩的戏法多又多。
"I will show them to you."我来变给你们看。

对比原文和译文可以发现,原文由"I know some⋯we could play, I know some⋯a lot of good tricks"构成对称结构,而后在这里断句,后跟"I will show them to you",即戴高帽的猫邀请小朋友们加入游戏、欣赏戏法。而任溶溶的译文,很明显在"我们来变"后面形成一个断句。"我们来变"这一句在原文中找不到对应成分,是任老为了句式统一在翻译过程中补充的。由此前后两句就都遵循"我知道些新××,我们来×"的格式,字数、词性、句式都达到了高度统一。同时,重新断句后"好玩的戏法多又多,我来变给你们看"一句,不仅忠实于原本的表意,由于"的"字发轻声,在朗读时表现为音长短、音强弱,虽然两句字数不等,同样实现了节奏的统一。任老先生大胆改变了原句的节奏，却使译文另有一番风味。

三、任溶溶译文中值得商榷之处

尽管任老先生在国内儿童文学翻译领域是泰斗式的人物，笔者认为有些地方的译文仍有待商榷。

比如《谁要一只便宜的犀牛》中：

He is good for yelling at.

随便你哦对他大吼大叫，他一点觉得没啥。

And he is easy to love.

说真的，你一下子就会爱上他。

原文用be good for和be easy to结构达到了简洁而规整的表达效果。而任溶溶的译文为了表意完整，稍显冗长，失去了原文的对称结构和韵律之美。尽管"哦"和"说真的"为译文带来了口语化色彩，"他一点觉得没啥"却显得多余且使译文头重脚轻。笔者认为不妨将其改为"他从不怨你对他吼。说真的，你很容易爱上他"。如此在完整表意的基础上，使译文前后协调，又使译文与原文节奏统一，并且保留了任老婉婉道来的口语风格。

又如"He will be glad to turn a jump rope…if he gets his turn"，被译为"他会乐意帮你甩跳绳……只要你想让他跳跳"。笔者认为这里"会"和"想"二字略有不妥。原文想表达的是，只要犀牛能轮上跳绳，他就很乐意帮小主人甩跳绳。"会"字的使用使犀牛甩跳绳这一行为看起来是有条件的、不情愿的，这与绘本塑造的友善大方、体贴善良的犀牛形象不符。"想"字则使理解出现歧义，既可以理解为小主人想看犀牛跳跳，也可理解为小主人愿意让犀牛跳跳。笔者认为不妨将其改为"他很乐意帮你甩跳绳……只要你愿让他也跳跳"，既符合小犀牛单纯善良的性格，也在字数上对等，结构上更为和谐。

绘本是儿童成长过程中最早接触到的读物之一，对儿童审美能力和美好性格的培养有重要的启蒙作用。任溶溶在儿童绘本的翻译过程中，充分把握了儿童读者的特点，运用多种翻译策略和技巧，有针对性地创造出了儿童读者能充分理解、易于接受并享受阅读的绘本。

笔者从接受美学理论角度，结合翻译实例，分析了任溶溶在儿童绘本翻译中使用的策略。具体包括使用口语化的语言、叠词、拟声词增强生动性和趣味性；长短句结合，巧用押韵，营造优美的节奏感；句式和结构高度忠实于原文等。从而创造出了富有生动美、音韵美和统一美的儿童绘本作品，无形中提高了儿童的期待视野。在研究过程中，笔者也发现并试图改进任老翻译中一些有待商榷的部分，期望能够为儿童绘本翻译尽一点自己的绵薄之力。

翻译家任溶溶译德初探

冯春波

一、引言：道德与译德

　　长期以来，中外翻译研究的重点是文本、标准、技巧等方面，翻译家本身一直没有得到重视。过去已有的翻译家研究，一般多集中于对其翻译活动和翻译观的介绍。由于儿童文学翻译在译学研究中没有一席之地，儿童文学翻译家也就未能得到应有的关注。虽然儿童文学译者数量少，但译文读者数量大，而且童年时期的阅读对人的成长至关重要，因此，优秀的儿童文学翻译家不可忽视。Robinson认为人是翻译研究的中心，这一说法即便有待商榷，但是翻译活动与人息息相关，译者是翻译活动最重要的主体，所以对译者特别其译德的研究，应该是翻译研究的重要组成部分。近百年来，科学技术飞速发展，人类物质生活发生了翻天覆地的变化。然而，科技发达并不能解决人类精神生活的需求。如何促使人们的文化和精神生活健全发展，值得深思。人文精神无法直接转化为生产力，无法直接产生经济效益，但是，"一个社会如果缺乏有人文精神所培育的责任伦理、公民意识、职业道德、

《好哇，孩子们！》书影

敬业精神，形成精神世界的偏枯，使人的素质越来越低下，那么这个社会纵使消费发达，物品丰茂，也不能算是文明社会，而且最终必将衰败下去"。

目前，我国翻译事业繁荣发展，然而，唯利是图、沽名钓誉之风盛行，出现了令人忧愤的情况，比如"中译中""抄译家""虚拟译者"等乱象频发。

因此，有必要以道德规范指导、约束翻译行为。道德是人们共同生活及其行为的准则和规范。它通过人们的自律或一定的舆论对社会生活进行约束。研究道德的学问叫伦理学，也叫道德哲学、道德科学。20世纪六七十年代，这门古老的科学衍生出了一个分支，即应用伦理学，主要指伦理学在人类生活方方面面的应用，与人类的各种行为密切相关。应用伦理学又衍生出政治伦理学、医学伦理学、生物伦理学等分支学科。这些分支学科，旨在解决各自领域的伦理道德问题，以规范本领域的行为。目前，面对译界种种不道德现象，翻译伦理学应运而生。

谈到译德，不能不谈到译者，因为译者是翻译实践的操作者。随着人类经济、文化、政治等领域的交往增多，翻译的作用日益重要。译事对一个国家、民族的影响是不言而喻的,译者自然就是一个重要群体,其道德就是重中之重。"道德也和法律一样,通过个别案例的丰富细节来不断发展。"因此,有必要对杰出翻译家的职业道德进行研究,丰富翻译伦理学的内容,并对译者的从业行为有所约束。

二、任溶溶的译德

任溶溶本名任以奇,原名任根鎏,广东鹤山人,著名儿童文学翻译家、作家、资深编辑。1923年出生于上海,1927年随父母前往广州,在私塾曾熟读《三字经》《千字文》《论语》《孟子》等典籍,奠定了扎实的国文基础。1937年小学毕业,旋于"七七事变"后回老家鹤山县旺宅村避乱,次年返回上海。1942年进入大夏大学中国文学系学习,广泛涉猎中外文学、哲学名著。1946年毕业后在《新文学》创刊号发表第一篇译作《黏土做的炸肉片》。1947年真正开始从事翻译工作,在《儿童故事》杂志和时代出版社陆续发表和出版译作,如《小鹿斑比》《柳林间的风》《彼得和狼》《亚美尼亚民间故事集》。20世纪50年代至"文革"结束,主要翻译苏联儿童文学作品,比如《古丽雅的道路》《钢铁是怎样炼成的》《卓雅和舒拉的故事》。改革开放后,就职于上海译文出版社,开始译介欧美作品,如瑞典作品《小飞人》三部曲和《长袜子皮皮》三部曲、意大利作品《洋葱头历险记》《假话国历险记》《木头奇遇记》、英国作品《彼得·潘》。

《铁路边的孩子》《魔堡》《地板下的小人》《查理和巧克

力工厂》《玛蒂尔达》、丹麦作品《安徒生童话全集》、美国作品《精灵鼠小弟》《吹小号的天鹅》《夏洛的网》。任溶溶也是一位儿童文学作家，作品主要有小说《我是个美国黑孩子》《丁丁探案》、童话集《没头脑和不高兴》、儿童诗集《一个可大可小的人》《小孩子懂大事情》《给巨人的书》。2021年，20卷本《任溶溶译文集》由上海译文出版社正式出版。

任溶溶曾多次获得重要奖项，如获陈伯吹儿童文学奖杰出贡献奖、国际儿童读物联盟翻译奖等奖项、中国翻译协会"翻译文化终身成就奖"。2022年5月19日，中国作协致信任溶溶先生，向其百岁华诞表示祝贺。

任溶溶的翻译活动贯穿其70多年的文学生涯，耄耋之年仍笔耕不辍，是中国从事儿童文学翻译时间最长的译者。他能使用英语、俄语、意大利语和日语（后三者为自学），知识渊博，译术高明，译介了300多种国外儿童文学作品，而且体裁广泛、时间跨度大。这不仅为中国儿童提供了丰富、有趣的阅读材料，伴随其健康成长，"也为文学创作、理论研究提供了走出封闭、融入世界的地标和航灯。"他联手国外作家，为国内儿童文学提供了健康有益的成分，是中国儿童文学翻译家最杰出的代表。本文从热爱翻译事业、翻译动机良好、慎选待译文本、坚实"忠实"标准、忠实其他主体等五个方面论述任溶溶的译德。

（一）热爱翻译事业

只有热爱工作，才能兢兢业业，认真履行自己的职责。毫无疑问，它是职业道德的一部分。作为译者，只有热爱翻译事业，才能投入全部精力，精心选择待译文本，对其深刻解读，采用适当的翻译策略，忠实传递原文的基本信息和审美信息，为读者提供最好的译品。

任溶溶对翻译事业的热爱，从其从事翻译的时间即可看出。从20世纪前半叶翻译第一篇外国儿童文学作品，到21世纪初仍未放下译笔，翻译生涯长达半个多世纪。他说，"译儿童书是我的工作，又是我的乐趣。要问我休息时候干什么，我就是译儿童书。"任溶溶在耄耋之年仍活跃于译坛，继续为中国小读者介绍优秀的国外儿童文学作品。

由于过去外国儿童文学方面的报道很少，任溶溶感到有责任留意这方面的信息，访求这方面的著作。在为上海译文出版社编《外国文艺》杂志时，他有意多报道些这方面的信息，每年第三期，赶上"六一"儿童节，还刊登外国儿童文学作品，旨在引起文学界的关注，努力使其在文学世界有一席之地。

热爱翻译事业，自然不可忽视译文读者。任溶溶深知，作为儿童文学翻译家和作家，应该熟悉儿童的一切。为此，他乐意"和孩子交朋友，跟家里的孩子交朋友，跟周围的孩子交朋友，还有一个很好的朋友，那就是小时候的自己。"

（二）翻译动机良好

正常人的行为是由某种愿望诱发的，即人们的行动是有动机的。动机属于思想范畴，思想是行动的先导，应该接受道德的约束。译作如果出版发行，翻译就是一种社会行为，就关乎他人利益，要么符合道德，要么违反道德。优秀的译者绝非仅仅具备必要的业务能力，还必须具有良好的道德修养，从事翻译活动时怀有良好的意愿。

译介外国文学作品的主要目的不外乎两点，用鲁迅的话来说，一是"别求新声于异邦"，二是借鉴"异域文术新宗"。易言之，就是为了吸取外国文学中的新思想和新形式，以促进本国文学的变革和发展。但是，对于儿童文学翻译来说，则有所不同。除了促进本国文学的发展，儿童文学翻译还应该发挥思想和语言教育作用。

任溶溶翻译其他国家的儿童文学作品，希望为国内儿童文学工作者提供借鉴，使其开阔眼界，获得灵感。他本人也正是通过阅读和译介外国儿童文学作品学会创作的。更重要的是，他要让中国儿童获得艺术享受、接受思想教育，还希望对其进行语文教育。比如任溶溶翻译了《飞翔的鸟拒绝忧伤》，是要告诉孩子们，忧伤无济于事；他翻译了《查理和巧克力工厂》是要告诉他们不要做任性、自私、禁不住诱惑的孩子；他翻译了《铁路边的孩子们》，是要告诉他们，家遇变故，要互相帮助，互相信任。儿童正处在语言学习阶段，一篇短文，一部长篇小说，都是向他们进行语文教育。但是，任溶溶选择国外儿童文学作品，不仅看重其教育意义，而且重视原作的趣味性、娱乐性。这些作品通常语言生动活泼，情节巧妙离奇，能够唤起儿童的好奇心，激发其想象力。如果文学作品能少一些说教，多一些趣味，"润物细无声"，发挥潜移默化之功，儿童就会喜爱阅读，在语言和思想方面皆可受益。儿童文学家梅子涵认为，一个孩子的房间里，多几本任溶溶翻译的书，对一生都有用。

（三）慎选待译源语文本

因为翻译涉及决定和取舍的问题，所以也就牵涉到道德问题。学者们通常把翻译过程分为三个环节：理解、表达、校对。这只是拿到待译文本后所做的。实际上，每个译者要走的第一步，是对源语文本的选择。翻译对于文化交流与文化建设，可以发挥积极作用，也可以产生消极影响。引进什么样的图书进行翻译，直接关系到我们文化的建设问题。在很多情况下，原文由他人提供，比如赞助人、组织者、出版商，但是译者有权决定译或不译，这也是一种抉择。他应该挑选符合本民族文化传统、意识形态的文本，能让译文读者受益的文本，能让译语作家借鉴的文本。

"文革"前，任溶溶对作品的选择没有太多自由，主要翻译苏联儿童文学作品。但只翻译这些，还是太狭隘了。世界儿童文学中的杰作林林总总，有影响的儿童文学作家也绝非屈指可数。"文革"后，作为出版社重要成员，任溶溶重点介绍"安徒生文学奖"获奖作家的作品。他翻译了凯斯特纳、罗大里、格里佩、林格伦、涅斯特林格、杨松、德容、福克斯等人的代表作。在编《外国文艺》杂志时，和上海图书馆、北京图书馆也有联系，接触了不少国外文学资料，对他选择作品进行翻译很有帮助。

（四）坚持"忠实"标准

忠实"是翻译具体操作过程中译者应该遵循的最根本的职业道德标准"。我们通常说的翻译是狭义的，即语际翻译，就是用一种语言转述另一种语言表达的意思。译者转述原文作者的意思，自然应该原原本本。解构主义这一后现代主义思潮出现后，虽然忠实观遭受质疑与挑战，但是译者不是作者，翻译不是创作，而是传达他人信息，增减、歪曲原文内容与翻译的本质相忤，任溶溶不善理论，但是，凭着大量的亲身实践，通过翻译多个国家不同作者、不同体裁的作品，总结出了自己的翻译原则。任溶溶认为，译者好比一位演员，要揣摩不同人物，表现不同风格。演员投入一个角色，所有的努力都是为了一个目的：把原作尽可能贴切地翻译过来。原作者风格各异，翻译的时候也应保留原来的风格，他觉得翻译就是一个字——"信"，不但文字，整个作品都要忠实于原著。译者最难的就是要隐藏自己的风格，展示作者的风格。村上春树既是作家也是翻译家，他认为，翻译的时候就应该撇开自己，可自己是怎么也撇不开的。而任溶溶的回答是：翻译无非是借译者的口，说出原作者用外语对外国读者说的话，连口气也要尽可能像。他用"尽可能像"这一说法，表明自己深知绝对的忠实无法企及，但也应朝着这一目标努力。

（五）忠诚于其他主体

长期以来，翻译研究主要关注"忠实"（faithfulness / fidelity）问题，也就是译文是否忠实于原文，是否传递了原文信息，是否再现了原文风格。这一点当然重要，但却忽视了翻译活动中的人。后来有的学者将"忠实"的概念扩大，将 faithfulness 或 fidelity 改为 loyalty，即"忠诚"。也就是说，翻译研究不再仅仅主张译文忠实于原文，还应主张译者"忠诚"于翻译活动各方。"忠诚指的是译者、原文作者、译文接受者及翻译发起者之间的人际关系"。在选择源语文本方面，任溶溶有较大的自由，可以说他是译者兼发起人，因此，这里论述其对于原文作者和译文读者的忠诚。

1. 忠诚于原文作者

法国解构主义代表人物罗兰·巴特尔曾提出"作者死

了""文本没有终极意义"的观点,以此否定作者意图,否认文本具有确定意义。然而,如果文本没有确定意义,文学就不可能发展,翻译也就不可能成为跨文化的桥梁。人类语言存在的意义就在于传达意义。翻译则是要用另一种语言达到这一目的,应该忠诚于原文作者,忠实传达其作品信息,包括基本信息和语言风格。因此,忠诚于原文作者可以说等同于上述的坚持"忠实"标准。

2. 忠诚于译文读者

译文如果不能达到读者期待的标准,不能得到接受,翻译就失去了意义。因此,译者应该忠实于译文读者。读者也是一种翻译主体。虽然他们没有直接参与翻译,但他们的存在,对译者和译文产生重要影响。"特殊性质的读者预示着特殊的译文功能与翻译目的性,因此,翻译的践行策略与操作原则自然也要做出相应调整。儿童尚处于语言学习阶段,对于陌生词汇的接受度比成人读者低得多。因此,为儿童翻译,要控制词汇量,还要避免复杂的语法结构。年龄较小的儿童接触文学作品,要从听开始。也就是说,儿童文学作品常常需要朗读出来,可朗读性非常重要。鉴于这一事实,任溶溶将口语化作为翻译原则,尽量使用口语,"给孩子翻译的书应该让他们听得懂。"儿童文学作品的语言具有共性,也就是浅显易懂、幽默风趣、富有美感。任溶溶设身处地,为儿童着想,除了语言浅明,还在译文中使用丰富的拟声词、叠音词和语气词,"不仅再现了原文的音韵节奏和声响效果,而且符合译文交际对象(中国少年儿童)的年龄特点和心理特征。

三、结语

　　在一定程度上，道德维持着人类文明的存在。人们意识到，有必要用规范、准则约束社会成员的行为，以确保社会的健康发展。这些规范、准则就是道德。人类社会是一个复杂的庞大系统，有大大小小的子系统，也就是大小不一的群体。这些群体涉及人类生活的方方面面，都应该有相应的道德规范。翻译是一种社会行为，译者遵守了译德，才能使得个人之间、社会之间和谐交流。长期以来，在翻译研究中，译者这一主体未能得到足够重视，尤其是译德。对翻译家任溶溶的译德进行研究，可以丰富译学理论研究，也可将其发扬光大，对后来的译者产生积极影响。

原载《五邑大学学报·社会科学版》2002年第3期

浅谈"形神兼备"在任溶溶儿童文学翻译中的体现

——以《小飞侠彼得·潘》为例

汪倩慧

　　文学作品有其自身的目的性。儿童文学同样承担着这样的义务，即为儿童服务、启迪他们的思想、开拓他们的视野，同时丰富其想象力。从这一点来看，儿童文学的翻译也需要达到这样的目标。《小飞侠彼得·潘》的原作在国外是一部广受欢迎的儿童文学作品，任溶溶将其译成中文，在中国也受到广大小读者们的欢迎。

　　这部小说完全是从儿童的视角以及他们的世界出发，描写了一个充满奇幻的世界。因此译者在达到这样的目标的前提下，也要关注读者的接受能力、阅读能力以及鉴赏能力。

　　儿童文学的特点在于它的创造性、活力以及其独特的语言，这使得其在文学作品中占有一个独特的领域。外国的文学作品在传播到中国来时，译者必须也要考虑到语言及文化两方面的差异，在实现这两个目标的恰当转换的前提下，使得国内的小读者能够很好地接受国外的文学作品。本文旨在从语言和文化两方面分析任溶溶在翻译外国文学作品时所采用的策略。

一、语言的翻译

　　作为一本外国的小说作品，为了能够让国内的读者更好地理解它，译者首先必须抓住整本小说的精髓所在，而这在翻译中最主要的就是体现在语言上。更加具体来说，语言主要的表现形式就是词汇的选择、表达的方法、句子结构以及语体的风格等。

　　首先，词汇是一篇文章中最基本的组成结构，每一个词汇的选择也许都会对整篇文章的风格产生影响。在这部小说当中，这样的例子可以看到很多。举例而言，在整部小说中，"neverland"是它的一个核心词汇。根据任溶溶的观点，这部小说带给读者的是一个最纯洁以及最具吸引力的假想的世界。在这个世界里，有着永远的童真以及一个独立的王国。因此，从开篇开始，这个词汇就出现在读者的面前。"Neverland is always more orless an island……"。从这个词的构成来看。我们不难看出作者想要告诉我们的是这是一个虚拟的世界。而当译成中文时，任溶溶选择了一个特别而又俏皮的词汇来替换它——"梦幻岛"。当读者看到这个词时，仿佛沉浸在一个充满奇幻以及幻想的氛围中。这同时也给了读者无尽的想象空间。这就是选词的其中的一个要点——选择最符合儿童的词汇。

　　为了和主题契合，任溶溶还选择了很多其他的词汇。这部小说的原著题目是"Peter·Pan"，而任溶溶在翻译时给这个标题加了一个定语，即"小飞侠"。中国的读者看到的小说名字是"小飞侠彼得·潘"。在任溶溶看来，彼得·潘是一个时间的飞人，他所代表的不仅仅是一个虚拟人物，还代表了那些持续的或者逝去的童年。他可以永远活在童年并且青春永驻。也许他代表了人一生中最珍贵的事物。根据这个标题，读者们可以反思得更多。

表达方法或短语也是由词汇构成的。在这部小说中，作者试图创造一个充满奇幻的世界。考虑到儿童们的理解力，在任溶溶的翻译中，有很多"儿童化"的表达方法。所有的这些表达方法都站在儿童的角度。这一点可以通过下面两个例子来证明。在原文当中有这样一句话"oh dear no I am only the bread winner"。我们可以看到，"bread winner"是一个比较熟悉的表达方法，即"养家糊口的人"。而对于儿童读者来说，对这样一个概念或许并不了解，因此译者选择了"为你们挣面包的人"这一表达方法。用更形象的方法让小读者们可以理解。

同时，原文当中还有这样一个句子："she gave him a look of the most intense admiration"。任溶溶没有用最平直的翻译语言，反而选择了重叠使用词汇的方法，即"她给了他最最佩服的一眼"。重叠使用词汇是中文中最典型的儿童化的口语表达方法。

二、忠实的"改写"

改写理论是基于文化层面进行的翻译研究。在中西传统译论中，翻译研究的重点是对比原作与译作语言单位意义上的相同，以达到内容上的等值。一切与语言内部结构无关的因素都排除在外或忽略不计。语言是透明的，翻译是一种纯语言的转换过程。

在这部小说的翻译中，任溶溶在保留原文内容同时，进行了适当的改写。

首先，译者采用本土化的表达方法来替代原文，这也是他的译文中比较明显的特点之一。这种译法的好处是让儿童读者在轻松的环境下更加容易理解文章的内容。

在小说的第二章中，故事发生的背景是达林夫人想让达林先生看彼得·潘的影子，但是，"with a wet towel around his head to keep his brain clear, and it seemed a shame to trouble him"。对于成人而言，"shame"的意思很好理解，而对于儿童来说，却并非如此。为了避免直接将其翻译出来，译者采用了另一种方法来传递信息"用一条湿毛巾裹着头让脑子清醒，这时候去打搅他太说不出口了"。"脑子"这个词的使用是十分特别的儿童化的口语。儿童化的语言最典型的特点就是质朴、随意和口语化。

同样，还有另外一个句子也是同样的特点。在第四章中，温迪、约翰、迈克以及彼得·潘四个人在天空中飞翔时。约翰对彼得·潘十分不满意。小温迪和他们就有了这样一番对话"Little Wendy said, 'do be more polite to him, ' Wendy whispered to John, when they were playing 'follow my leader' "。在这句话中，"follow my head"是孩子们的一种游戏。词汇的重复使用又出现在了这个句子的翻译当中"当孩子玩'跟着头头走'的时候，温迪悄悄地对约翰说。这使得整个句子充满了儿童化的气氛。因此，我们可以看出，儿童化的语言正是任溶溶所追求的。儿童文学作品的译者们都在极力追求读者、译者和作者处在同一平台的环境当中。

最后，译者采取了一种方式来达到他的目标。在原文当中，梦幻岛上有很多小精灵，其中有一种十分特别，叫做"Tink Bell"。

与描写人物不同的是，作者换了另一种方式来展现他们的特点。例如，"she was slightly inclined to EMBONPOINT"。英语是一种字母语言，所以将首字母大写是一种有效的强调方式。"Embonpoint"本意是指身材肥胖的、臃肿的。但是这些词都与作者所要塑造的精灵形象并不符合。译者用这样的词来描述"她稍微倾向于胖嘟嘟的"。"胖嘟嘟"这个词本身就显得十分可爱。"Tink Bell"的形象跃然于纸上。同样，另外一个句子中也有这样的例子。当彼得·潘到达梦幻岛后，他们看到了很多小男孩。"the first to pass is Tootles"。在英语当中，"Tootle"是指反复轻吹或者连续发出嘟嘟声。作者选用这个词作为小男孩的名字是根据他本身所具备的特点来定的。也许他的性格就是喜欢不停反复地唠叨。所以，译者是这样译出的"第一个走过的是小嘟嘟"。这样，无论是从声音或者所表达的意思来看，"嘟嘟"和"Tootle"都十分相近。

以上的例子都反映出译者的翻译策略。除了与原文保持一致之外，他还创造性地改写创造了一些新的、儿童化的东西，以此让中国的小读者更加容易接受原文。

三、翻译语言的本土化

翻译的困难在于每种语言背后都有着不同的文化背景。从某种方式来看，翻译也是一种文化的翻译。儿童文学也同样如此。尽管《小飞侠彼得·潘》这部小说不像其他成人的文学作品那样有着深刻的含义，但它展示了儿童世界和文化的一种精神。作者以彼得·潘为模型，重现了儿童世界的单纯的生活。彼得·潘象征着无限的自由、快乐以及简单。所以译文也必须将这种精神和文化完全译出来。

无论在哪一个国家，他们所接受的文化都决定了他们的行为。因此，在文学翻译中，文化也是一个不容忽视的因素。在彼得·潘的原文中，包含大量被植入的文化的因素。

书中的第一章中，小彼得闯入了主人的房间。与很多其他小说一样，这本书首先介绍了小说的背景及各个人物。在文章中的第三段，有这样的一句话"her romantic mind was like the tiny boxes, one with in the other, that come from the puzzling East……"。在西方的文化中，东方世界充满了神秘的色彩。当他们遇到难以解释或令人困惑的事物时，他们就会想到东方。为了忠实于原文，译者这样译"她那颗爱幻想的心好像神秘东方的一个小盒子，盒子里面又套盒子"。由于了解这两个国家的文化，任溶溶用平实而简单的语言来翻译文章。

文中还有另外一个例子。在翻译一部外国的小说时，译者应当尽力传达出文学作品背后所隐含的文化。在这个梦幻的岛屿上，"Indians"这个词汇出现的频率十分高，这也与原文所处的国家的文化有关。在第十二章中，当作者描述印第安人的规则时，他是这样写的："the Piccaninnies, on their part, trustedimplicitlytohishonor, and their whole action of the night stands out in marked contrast to his"。"the Pic-caninnies"本意是指黑人小孩。但是，译者没有选择"黑小孩"这个词语，而倾向于使用"印第安人"。在英国人的观点里，印第安人很残酷并且很野蛮。或许，他们认为印第安人就是文明未开化的标志。

　　总而言之，尽管翻译在形式上来看只是词汇或语法的转换，但是文化因素也很重要。上述的例子可以证明这一观点，对我们而言也是一种启迪。

四、儿童读者的中心地位

　　无论是在原文还是在译文中。读者都是作者和译者所要着重考虑的一个因素。由于儿童文学的读者的特殊性，因此学者对于儿童文学的关注度并不高。在大多数人的观点中，儿童似乎很难理解文学。然而，在任溶溶看来，文学似乎更能帮助儿童们提升情感上的诉求。文学作品把情感诉求的因素植入最简单的语言当中。人们的情感诉求需要从儿童开始培养。除了情感方面的诉求，儿童的发展同样需要其他的诉求。用简单的话来说，一本优秀的儿童读物必须包括这些教育功能。

　　在这本书当中，我们可以很明显地看到译者的倾向性，包括培养儿童的责任心、情感的诉求以及情感的教育。上诉的三个因素在儿童成长的过程中起了很重要的作用。

　　首先，责任心的培养。儿童时代是人们生活中重要的过程，因此，文学作品必须给予正确的指引。在翻译当中，翻译的作品也必须达到同样的效果。举例来说，当温迪、迈克和彼得·潘在空中飞行时，飞了很长一段时间后，他们几乎都快睡着了。结果，他们都快从空中掉落下来。当迈克像一块石头一样从空中坠落下来时，"'save him, save him' cried Wendy, looking with horror at the cruel seafar below."尽管温迪只是一个小女生,她自己本身无法挽救迈克,但是她的尖叫显示出她的担心。从某些方面来看,彼得似乎有些炫耀。当他"eventually Peter would dive through the air, and catch Michael just before he could strike the sea。"原文当中,并没有"everytime"这样的词,而译文中,任溶溶这样写"每次彼得总是在迈克尔就要掉进大海的时候,从空中直飞而下,正好及时把他接住。""everytime"只是一个简单的词汇,但它向孩子们展示了责任心的重要性。这样,孩子们在阅读时就无形中被影响了。

第二点,情感诉求的培养。情感诉求属于审美的范畴。在原著中,有一个经典的场景,达林夫人第一次发现彼得·潘的存在的时候,"Mrs. Darling first heard of Peter when she was tidying up her children'sminds."作者用美丽的语言把日常生活中一个母亲的最简单的瞬间描述出来。为了达到作者所追求的目标,任溶溶这样描述"达林太太第一次听到彼得的声音,是在整理她那几个孩子的心那会儿"。这样小小的一个瞬间也许就会在不经意间对读者产生影响。在阅读完小说后,儿童读者们也许就会更加关注生活中那些细小但美丽的瞬间。

感情上的教育是最后一个因素。这本书围绕着"童年"这一话题。彼得·潘从大人的世界逃离出来,成为一个永远也长不大的孩子,他拒绝被大人们所掌控。因此,他代表着自由、快乐和人们心中最纯净的部分。在翻译当中,译者全文贯穿表达这种"纯净的童年",以此在书中给儿童读者们营造一个自由快乐的童年氛围。

儿童读者是一个比较特殊的群体,因此对他们的教育也显得尤为重要。儿童文学集中在这一目标上,这也就决定了儿童文学的翻译方法和策略。任溶溶从形式和精神两方面来翻译儿童文学作品。因此,在儿童文学中,任溶溶恰当地使用各种翻译策略来实现这个目标。对任溶溶译作的研究,对于儿童文学的发展以及翻译文学作品都起着不可忽视的作用。

原载《长春工程学院学报·社会科学版》2013年第14卷第4期

浅谈任溶溶的文学创作

杨志敏

　　任溶溶,原名任以奇。当代著名儿童文学作家、翻译家、诗人、童话家、儿童文学理论家。广东鹤山人,1923年生于上海,1945年毕业于上海大厦大学中文系。解放后先后在少年儿童出版社和上海译文出版社担任编辑工作。纵观任溶溶的文学创作活动,可分为文学原创作品、文学翻译作品及文学理论研究三个部分。本文试对此三个问题进行分别论述。

一、独具一格的儿童教科书

　　中国有许多优秀的儿童文学作家,这些作家的作品也很多,可谓异彩纷呈,但没有一位作家能像任溶溶那样,利用自己的文学作品,对儿童进行全方位的教育。我们研究他的作品集,就会发现,任溶溶的文学作品体系,就像一本独具一格的儿童教科书,涉及到儿童健康成长的方方面面,为孩子长成栋梁之材提供了充足的营养。在他的作品里,或是告诉孩子们日常生活中的浅显的知识,或是为了塑造孩子们的良好品格,充满了教育色彩,而他的作品集是儿童文学教育价值的完美体现。

一个孩子要想成材，必须要进行早期教育。任溶溶在自己的作品中特别注意用浅显的语言向孩子们讲述生活中的知识。如儿歌《小猫、小孩子和大人的话》，用浅显易懂的语言纠正了孩子们对小猫总爱白天睡觉是懒惰的错误认识，增加了新的知识。

《没头脑和不高兴》书影

作为一位儿童作家，任老深深地知道，只教孩子们科学的知识还很不够，还要培养孩子良好的思想品德。首先要讲文明、懂礼貌。文明礼貌体现着人的知识修养和基本素质。童话《奶奶的怪耳朵》就直接取材于当今孩子的日常生活，采用漫画似的夸张形式，赋予奶奶一双"好话听得见，撒娇话听不见"的怪耳朵，从而治好了小主人公闹闹的无理取闹的坏毛病。故事生动有趣，奶奶耳朵的听觉时好时坏，似真似假，很能抓住小读者的心，使小读者从中受到很好的教益。尊敬师长，理解他人，尊重他人劳动，是道德品质教育的又一重要方面。任溶溶的诗《爸爸的老师》就是一篇构思精巧、主题鲜明的颂师篇章。作品讲述了一个"我"跟随爸爸去看望爸爸的老师所经历的难忘故事。爸爸是学问很大的数学家，孩子自然对爸爸的老师是个怎样的人产生好奇心理，而且作了种种猜测：可是万万没有想到，爸爸的老师竟然是自己一年级时的老师，而且，"我念三年级，/ 他呢，还在教一年级。"然而，爸爸对自己一年级时的老师异常尊敬，诚恳而谦虚地对老师说："我得感谢老师，是老师您教会了我，/ 懂得了二二得四……""我"看到这一幕情景，深受触动，感慨地说道："我才知道我的爸爸，/ 虽然学问很大，却有一位一年级的老师，/ 曾经教导过他。"作品借一个初步领悟了这一人生真谛的孩子之口，为启蒙教育的低年级老师咏唱了一曲深情的歌。这首诗富有层次地表现了"我"对爸爸的老师从好奇、猜测到见面后的惊讶以及领悟的全部过程，自然真切，可诵性极强，很适合低年级儿童诵读。

在任溶溶的文学创作中，他还注意教育孩子们要克服自身的缺点，不怕困难，努力学习，在诗歌《一个怪物和一个小学生》中，他把困难比喻怪物，随时跟着学习和工作的人们，"你对它软，它就变硬，/ 你对它硬，它就变软。"它给小学制造难题，又变成瞌睡虫飞进孩子的眼里，但孩子不怕困难，终于战胜了它。"怪物气得七窍生烟，/ 顿时飞出窗子外面。"这首诗形象生动地为我们塑造了一位勇敢向上、意志坚强的儿童形象，为孩子树立了榜样。在任溶溶的前期创作中，这样的作品还很多，在此不一一列举。

二、石破天惊的《长袜子皮皮》

中国的儿童文学创作受成人文学影响，从"五四"时期开始，就形成了"伦理至上"的创作定势，几十年未变。不管是童话创作，还是儿童小说、儿童诗、儿童散文等儿童文学其他文体的创作，都强调其教育功能而忽视其他功能。几乎所有的儿童文学作品，都在絮絮叨叨地对孩子们叮咛：要热爱集体、乐于助人、尊老爱幼、先人后己、宽厚礼让、谦虚谨慎、戒骄戒躁、刻苦读书、不要贪玩。虽然这类作品也有不少佳作，儿童文学作品也应该具有教育价值，但如果过分强调这一创作模式，就会造成儿童文学创作的单调和偏狭。20世纪70年代末、80年代初，儿童文学创作就开始酝酿着求新求变。此时任溶溶以无私的爱心，非凡的智慧，大无畏的勇气翻译了"瑞典的老祖母"、女作家阿·林格伦的现代童话名著《长袜子皮皮》，为中国孩子送来了一个全新的文学形象。《长袜子皮皮》是一部在欧洲一直有争议的童话，林格伦塑造的童话形象皮皮是一个顽皮、爱恶作剧，喜欢拿正统观念开玩笑的捣蛋鬼的形象。它与安徒生童话中卖火柴的小女孩、海的女儿等形象相比，显得非常有现代的叛逆精神。这一童话形象的引进对习惯于塑造积极向上的"好孩子"、集多种美德于一身的"小英雄"形象的中国童话界本身是一个冲击。这在80年代，在改革开放之初，是多么惊人的一项创举啊！"文革"刚刚结束，文人都心有余悸，明哲保身的比比皆是，任溶溶此时什么也不做，也是功成名就的老作家，而把皮皮这一完全另类的文学形象引进中国，就会引起轩然大波，甚至带来牢狱之灾。而任老却无私无畏，义无返顾地把皮皮带给了中国孩子。从此，中国孩子多了一个和他们一样有缺点有错误，爱玩儿爱闹的好朋友。正是有了长袜子皮皮，中国孩子才看到了花仙子，才能和享誉世界的米老鼠、唐老鸭一起成长，也才有后来的哈利·波特。这些童话形象带给孩子的是心灵的愉悦、精神上的放松，这些童话本身具有极强的游戏品格，而这一翻天覆地的变化，是任溶溶为中国孩子带来的。

三、走进新时代的"热闹派"童话

任溶溶不仅为中国孩子带来了《长袜子皮皮》《骑鹅历险记》等一系列新的童话，而且又率先在儿童文学理论上提出了新的艺术主张。任溶溶在阐述《长袜子皮皮》这一译作背景的文章中第一次提到了使用"狂野的想象"这一对国内有冲击力的艺术观念，并在后来的一次儿童创作讨论会上提出了创作"热闹派"童话的艺术主张。这一主张很快受到了一批青年童话作家的拥护，并受到另一批儿童评论家的批评。批评者提出了与"热闹派"对立的创作"抒情派"童话的艺术主张。于是，"抒情派"童话和"热闹派"童话之争就首先在上海青年童话作家群与中年评论家刘崇善之间展开，这一争论几乎贯穿了整个80年代，至今余波尚存。从此，中国童话界教育童话一统天下的局面被打破，童话界百家争鸣的春天才真正来临。

"抒情派"童话的倡导者们认为童话创作应当注重童话诗性，既在尊重童话的逻辑性、幻想成同一性等基本创作规律的同时，更注重童话的诗意美、哲理性，或二者在相辅相成中的有机融合。

"热闹派"童话的支持者们则主张童话创作不受逻辑性与时空关系的限制，叙述层次也不必与现实的生活经验相符。

但不管是"抒情派"童话还是"热闹派"童话，其风格、语言、主旨、写作技法等都与传统的教育性童话有了很大区别。他们打破了长期以来形成的的教育至上的创作思维定势。一大批有着强烈的创新精神和自觉的文体意识的童话作家走上儿童文学文坛，并创作出了不少童话佳作。班马认为，"热闹派"童话在变革的时代背景下，率先冲毁了曾在中国儿童文学之中衍生的道学气，带来了久违的游戏精神。这些真正富于童心和儿童情趣的作品一出现，就受到了小读者的热烈欢迎。这些作品满足了儿童的心理愿望，激发了儿童的幻想，使他们获得了情感上的启迪和审美上的愉悦。而任溶溶在这场论战中是发起者，是急先锋，对整个儿童文学的创作起着划时代的作用。

儿童文学作家曹文轩说："儿童文学作家是未来民族性格的塑造者"，儿童文学作品对孩子的影响可谓深矣。而任溶溶的整个文学创作、文学翻译工作和文学理论研究工作都是为了孩子，为了孩子能够健康成长，为了孩子能够担负起祖国的未来、民族的希望。在这里，我们不能不对这位老作家的崇高精神和勇于担当重任的历史责任感而感到敬仰。

原载2023年11月《辽宁行政学院学报》

任溶溶的NONSENSE

孙建江

一直认为任溶溶的存在是中国儿童文学的幸事。

任溶溶生于斯长于斯,当然承续了中国文化的"载道"传统。在他创作的许多作品中,我们都不难发现其间的"载道"意识。这方面,他与我们众多的儿童文学作家没什么两样。但我想说的是:第一,任溶溶是一位天生的、难得一遇的儿童文学作家。具备儿童天性的作家,与儿童读者往往具有一种与生俱来的、本能的、天然的默契感,往往能更准确地把握儿童文学的精髓。任溶溶对儿童的热爱是来自内心深处的。在他那里,为儿童写作是非常自然和非常快乐的事情,有一种强烈的内在驱动力。对于他,为儿童写作除了使命感,更是一种心理上、精神上的渴望和享受。第二,作为一位通晓英、意、俄、日四种外语的儿童文学作家和翻译家,任溶溶显然比其他的儿童文学作家更具有儿童文学的国际视野。他熟稔世界经典儿童文学的艺术范式、叙述手段、呈现方式,他更容易看出中西儿童文学之间各自的优势和劣势。他可以从不同的角度和不同的层面观察、审视、品评作为人类文明物儿童文学的全球化趋向及其内在质地。

正是这两方面的优势，使得任溶溶多了一份很多人所不具有的特质——儿童文学写作的纯粹性。生活中，任溶溶是一位幽默风趣、童心永驻的人。好多年前，我陪任溶溶先生去广州参加一个安徒生诞辰两百周年庆典活动，班马教授前来探访，我和班马当着任先生的面开玩笑说："任先生啊，您好像本来不应该出现在中国呢。"任先生听后哈哈大笑。这话的意思是说像任先生这样才华出众、满腹经纶又天生乐观通达、玩性十足、真正富有童年精神的人在中国实在不多。

任溶溶曾说："我天生应是儿童文学工作者。根据我的性格、爱好，我应该做这项工作。"为儿童服务，为儿童写作，可以说几近是他的生活乐趣之所在。他的这种天性和他的国际视野，使他对外国儿童文学中尤为强调注重的nonsense（有意味的没意思）有一种天然的默契感和认同感。他认为nonsense是一种童趣。这种童趣，小读者无师自通、心领神会，而缺乏童心的人是永远无法领略其间的奥妙。明白了这一点，我们就不难理解任溶溶为什么特别喜欢，或者说特别热衷于"形式"和"有趣"。

在任溶溶的创作中，我们很容易发现他对汉语语词的活用、巧用和妙用。比如，对"大"和"小"、"胖"和"瘦"、"高"和"矮"、"少"和"多"、"新"和"旧"、"长"和"短"等对比词性的组合运用。比如，对叠词、谐音字、绕口令的音乐性展示——《我牙，牙，牙疼》《这首诗写的是我，其实说的是他》《请你用我请你猜的东西猜一样东西》。比如，对汉字视觉美的构筑——《大王，大王，大王，大王》（按，字体从特大号到最小号）、《大大大（按，字体大号）和（按，字体中号）小小小（按，字体小号）历险记（按，字体中号）》。

像诗作《一支乱七八糟的歌》，并没有讲述什么"意义"，写的仅是"乱七八糟的歌"产生的过程，却非常好玩和有趣。3岁零两个月大的女孩不仅整天"咪——多""多——咪"，乱七八糟吹口琴吹个不停，还执意让小舅舅唱歌，自己口琴伴奏。"她使劲地吹啊吹啊，/越吹她的劲头越大。/我也唱了/——不，叫了——/半天的歌。/不知唱了/——不，叫了——/一些什么。"结果可想而知：更加"乱七八糟"。可是，这又有什么关系呢？"能够欣赏这节目的，/恐怕只有我们两个。/不错，/是支乱七八糟的歌，/不过唱得实在快活"。说得好，唱得实在"快活。"这就是儿童与成人不同之所在，这就是童趣，这就是作者的nonsense。尤其难得的是，任溶溶作品中很少有什么"成人化""大道理""疙里疙瘩"的问题。任溶溶讲述的大白话小读者都看得懂。这种大白话是经过精心挑选和打磨的，因而大白话中又巧妙地隐含了作者的nonsense意味。

由于种种原因，人们并不认为任溶溶的创作、他的那些"形式"和"有趣"对中国儿童文学有多大的意义。既有的数种以作家为线索的儿童文学史，虽然对任溶溶有所论述，但重点多落在其译作的成就上。其实，任溶溶的创作绝对是超前的。他的儿童文学观明显超前于他的同时代人，甚至超前于诸多后辈儿童文学作家。可以说也正是因为这种写作的纯粹性，使得任溶溶的作品跨越了时代，影响了一代又一代的读者。

任溶溶的这一超前性其实已存在有相当时间了。惜乎一直未能引起人们足够的重视、反省和深思。相信随着时间的推移，任溶溶的意义会愈加显示出来。

任溶溶儿童诗的情境化语言

庞灵芝

在当代儿童诗坛上，任溶溶这个名字意味着什么？

意味着单纯明朗的画面、轻松畅快的笑声；意味着扑面而来的童趣、童趣背后的关爱；意味着出人意料的构思、大胆独到的创新；意味着因他而生的"任溶溶现象"与当代儿童诗所达到的一种高度。这是一个充满魅力的名字，它在吸引小读者眼光的同时，也引起了我们探究其诗歌奥妙的兴趣。此时，我们的目光总会情不自禁地投向他的诗歌语言。

任溶溶的诗歌语言是独树一帜的。他将诗歌语言的魅力发挥到极致，在语言、语法、逻辑、语境、排列等众多方面都有着可圈可点之处。许多评论家意识到了这一点，并从各个角度对其诗歌语言进行了阐释。其中，其诗歌语言的游戏性、幽默感和韵律感是涉及较多的话题。这些话题的深入，对于解开任溶溶诗歌语言之谜，充分领略其诗歌语言的魅力，自然具有重要意义。但是，当我们将目光重新投向任溶溶的诗歌，并且把他的诗放在众多儿童诗作中进行考察的时候，有一个问题仍然令我们久久地困惑，同样是抱着教育儿童的目的进行创作的任溶溶，为什么能将这种功利目的掩藏得如此之深，又能令儿童深受教育？是因为幽默吗？是因为趣味性吗？是，似乎又不全是。对照作品，这样的解答似乎并不能释去我们心中全部的疑团。那么，在这些特点背后，还有着什么别的理由？

循着这样的思路，我们发现了任溶溶诗歌语言的一个重要特色：情境化。

一

所谓情境化，指的是以语言构筑情境以令人产生身临其境的现场感，其核心是情境。这里所说的情境，既包括化抽象为具体，化理性为感性的三维立体时空（通常情况下是画面），也包含了隐藏在这一立体时空背后的氛围和心理感觉。比如，在《我是翻译家》里，任溶溶没有简单地说"我译得很忙、很累"，而是仔仔细细地描绘场景："电影里一个孩子说：/'这老大爷是我爹。'/我给左边，就是我奶奶翻：/'呢个伯爷公系我老豆。'/我给右面，就是我姥姥译：/'迭格老老头是阿拉爷。'/'那个孩子真好玩'，/电影里一位老人讲。/'呢个细佬哥好得意'。/'伊格小囡交关好白相'。"这让我们也感觉到了现场的紧张。因此情境是一个包含情和境的有机整体。

从情境的构成和含义看，情境与意境似乎有些相似，但实际上有所不同。它们的不同在于：

首先，意境是一个包含了中华民族审美理想和哲学观的概念，它产生于中国古老的农业文明与天人合一的观念，更强调静、和、美的美学特征。情境则不然，只要以具体可感的画面形象传达出潜藏在背后的"感觉"就行，不需很深厚的文化内涵，更不强调静、和、美的美学特征，上例中营构出的也是一种画面感十足、反映出一定紧张气氛的境，却丝毫也没有意境的意味。

其次，与意境以意蕴为主不同，情境更注重画面，它以画面本身说话。对于儿童诗来说，尤其需要强调一种以画面为主的诗观，因为儿童是感性的，其思维更多的是感知思维、具象思维，需要借助具体实体而生发。充满画面感的情境化语言，则能以一种可触可摸的质感引导孩子去感同身受。

第三，意境的意具有含蓄性，讲究言有尽而意无穷，情境中的感觉和氛围则相对直白，不需回味再三就能体会。这样的情境如果出现在儿童诗中，就能立即在儿童身上得到准确的阅读回应。

正是在这样的情境中，栩栩如生、如同亲历的现场感在儿童读者的心里应运而生，语言也因此具有了情境化的特征。

任溶溶的诗歌语言便是这样一种情境化的语言。他的诗，总能将抽象与感性都演绎得历历在目。新闻和历史的概念对于小读者而言可谓抽象，可是在任溶溶笔下，它们被转化为生活，那一件件具体可感的小事仿佛引导我们轻松地走进历史也理解了历史。至于已经具有形态感的事物，任溶溶更是尽可能声色形俱备、原原本本地呈现出生活的原生形态。在这样的诗歌里，孩子的感官充分打开，感受到了丰满鲜活、如在眼前的具体情境。

二

这种语言的情境化，在任溶溶笔下主要通过客观化摹态语汇加以实现。

所谓客观化摹态语汇，与评价性摹态语汇相对而言，它的特征是：不动声色地描摹人物的外貌、动作、言谈等外在具象和情境，不掺入情感和价值评判，更不直接进入人物内心，展示给读者的是一幅幅画面，都是看得见听得到的事实。比如"他开心地笑"。开心是一个经过描述者智性判断后的词，这使这种笑态的描摹具有了评价性。"他笑得咯咯咯咯，喘不上气"，则是类似于电影镜头的一句客观描述。因为糅合了智性成分，笑被抽去了具体形貌，变成了概括的叙述，所以评价性摹态语汇显得抽象；而客观化摹态语汇则相对具体可感。同时，客观具象和情境总是可以拆解为形、声、色、速（即动作）等简单的要素，一旦拆分，便有可能用最简单最直接的语汇描述出来，因而容易达到类似于中国传统白描手法的效果：寥寥数笔，神韵兼备。

任溶溶的诗很重视对这套语汇的运用。这种客观化摹态语汇营造了一个可触可感的立体时空，缩短了儿童与表现对象的距离，促进了儿童与文本的直接交流，使他的诗赢得了小读者的心。

客观化摹态语汇可以通过多种手段体现出来，在任溶溶的诗中，它主要有拟音、拟形、拟词句等多种方式。

其一：拟音。指对说话腔调、节奏和场景声音的直接模拟及方言、外语的音译等。现实世界充满了各种各样的声音，自然界的天籁，人类的市声，还有各种各样的说话声。再现这些声音，无疑从某一角度还原了这个世界毛茸茸的质感。基于此，拟音成为再现情境的一种很好的手段。这也是任溶溶运用较多且较成功的手法之一，像声词的大量运用，方言的轻松插入，诸如此类的技巧，任溶溶都运用得那么从容，那么得心应手。

这里有必要关注一下任溶溶诗中直接引语的运用。直接引语，即直接记录人物的话语，从广义上讲，它也属于拟音。

任溶溶写得较好的诗歌，基于对情境直观呈现的考虑，一般都是"话"：或者以儿童的口吻，进行第一人称的叙述；或者在诗中以大篇幅的直接引语作为诗歌主体。儿童的第一人称叙述，在儿童文学中并不少见，但是很多作家往往将自己的声音过多地掺杂进去，尤其在一些持教育观的作家笔下，这种声音便更多地带有了教诲的、居高临下的气势，不但导致"小孩说大人话"的不真实，也引起小读者的心理拒绝。任溶溶的第一人称叙述却往往带有更多的直接引语的意味，它将观察角度、感情色彩和价值判断完全倾向于说话者（主要是儿童），拒绝作家的过多介入，仿佛是舞台上角色的对白、独白，思想是人物的，话也是人物自己的。比如《你们说我爸爸是干什么的？》，开头两段以大人的第一人称设置了一个猜谜的情境，类似于引言性质，以下分别以"第一个孩子说"、"第二个孩子说"的形式直接记录10位孩子的话。因为是直接记录，具有很强的人物语体自主性，说话者似乎如闻其声，如见其人，可以感知到很直观的人物形象。读者的信任感、真实感也大大增强。同时，儿童的心性是相通的，当儿童作为说话者时，其渗入的心态、感情、价值判断，与作为接受者的儿童趋于同一，也使后者获得了更多的认同和共鸣，作品因此具有了更强的艺术感染力。

最有创意、最大胆的一笔是《我也爱听故事》一诗中对故事内容的实录。故事内容的穿插使全诗在语音上具有散韵结合的语音参差美,更重要的是它的语法功效。这首诗采用故事套故事的形式,但这段夹杂在两段韵文当中的故事记录,从内容上理解,似乎并无存在的必要,它讲述的虽是一个战斗的故事,却讲得虎头蛇尾,等候战斗的过程洋洋洒洒,恰恰在战斗打响的紧要关口匆匆打住。而且战斗故事中有一大部分跟诗歌联系并不大,如果去掉或者作一简单概括,也无不可。但是任溶溶偏偏详细地记录下来。以这种形式写诗很是别致。但是任何创意总是为一定目的而存在的,并因恰当地实现了这一目的而被认可。这个目的是什么呢?笔者以为,这样写还有三个好处:一是营造了一种故事语境,以生动的故事勾起儿童的好奇心;二是可以让小读者进入故事讲述的时空,亲身感受而非作家理性概括故事讲述者(即文中的英雄)的虎头蛇尾,进而体会其不愿宣扬自己的谦逊;三是借助讲故事,让叙述时间在现实时空中暂时凝住,进入故事时空,从而令读者产生身在现场的"当下感"。这三点中,后面两点实际上都涉及到对具体情境的复现问题:直接引语的运用,惟妙惟肖地再现了当时的情境,充分调动了儿童的感受能力。感受,是儿童所长,它迎合了儿童的感知思维、具象思维,当儿童以感受的姿态去体验时,他所得到的,远比概括的叙述要多得多,也深得多。"让儿童感觉",这应该是儿童文学的重要课题。从这一意义上说,任溶溶是敏感的,也是成功的。直接引语的运用在任溶溶诗歌中相当普遍,这种形式再一次出现在《半个童话的历史》中并发挥出相似的功效。

以上所说仅仅是任溶溶诗歌运用直接引语的一个方面。直接引语又分带引号的直接引语与不加任何提示（如某某说）和引号的自由直接引语。在任溶溶的诗歌里，大量采用的以儿童的身份进行的第一人称叙述，虽然没有引号等标志，但因其与儿童心理切合，又以客观摹态语汇加以表达，而带有更多的自由直接引语——广义的自由直接引语的意味。它的广泛而恰当的使用，使任溶溶的诗歌以清浅的语言还原了鲜活形象的现场感。

其二是拟形。拟形是摹态的一种手段，在一般人看来，它无非指描摹形状（静态的形）、动作（动态的形）等，并由此导致儿童诗动词多、动感强的动词语法特征。这一点在任溶溶的诗中也得到反映。但是在任溶溶成功的诗作里边，我们感受到，任溶溶更多地着眼于拟形的终极目的而非手段。所谓终极目的，即切合儿童感性思维、具象思维特征，令儿童能够接受，乐于接受。对目的的看重，使任溶溶将拟形的概念无限扩充，大量采用视觉艺术（绘画、电影）的手段，以最直接的方式"呈现"，直通儿童的感官和心灵。任溶溶诗的视觉形式很有点万物为我所用的味道，颇称得上让人"眼睛一亮"。"长方形的面积是长乘宽。/$2H^2+O^2=2H^2O$。/地球绕太阳一圈是三百六十五天零六小时。/c-o-m-e，come；g-o，go"（《欢腾的读书声》）。他能把数字、公式、字母、单词、甚至是$(a-b)^2=a^2-2ab+b^2$、$10-5=5$、apo、abu、+、-、×、÷之类的算式、符号、生造的拼音等非文字因素（某个角度讲也是图形）作为画面直接呈现在诗中。他能用字体的大小、粗细让含义直接"裸露"在儿童眼里，如《大王，大王，大王，大王》，

《一个怪物和一个小学生或者写作一个怪物和一个小学生》。分行和排列，早已成为诗中熟视无睹的基本形式了，经由他轻轻点染，居然又变得让人刮目相看：《这首诗写的是"我"，其实说的是他》里，分行和退格创造出富于动感和连续感的诗行，他们呼应着同样富于动感和连续感的动作，而在《有这样一列火车》中，这种排列则被用来呈现物态：

> 你一坐上这火车，
> 沿途就能看见长颈鹿、
> 企鹅、北极熊、犀牛、袋鼠、斑马、骆驼、
> 和大象……

竖行直下的诗行令你想象着一字排开、不断映入眼帘的动物。更令人称奇的是，他甚至拆掉文字的墙，干脆将更直观的画面搬进了诗行：庐山带回来的一张照相，"照上是五老峰山顶，/ 是块巨石凌空，/ 是我站在这块石上，/ 身体站得笔挺。/ ……"（《庐山带回来的一张照相》）。可是却被任溶溶以两个方框加注的形式放在诗行里，为什么会照成空白？原来偏偏快门摁下时来了雾，害我终于没照成。真是无一不可入诗，而且用得那么熨贴。读这些诗，我们感受到任溶溶创新的大胆，但是品味这些创新的妥贴，我们深觉这不是为创新而创新，而是因为他心里装着儿童。

其三：拟词句，即直接移用说话人的词语和句子形式。它与拟音在表面上似乎有所叠合（比如直接引语的引入肯定会带来对说

话人词语的直接录用），但这只是就形态而言，就其实质而言，拟音不包含有内容的因素，仅仅是记录下一种声音，以声音直接再现情境而已。比如前面所举的例子，"爸爸的爸爸的爸爸"，再现了一个孩子的稚气和可爱，但这种稚气可爱主要不是通过这种音，而更多地是透过这种稚气的词法句法体现的。拟词句在任溶溶诗歌中出现得并不多，但往往用得相当妥贴，令说话人神态毕现，如在眼前，因而给人印象颇深，也显得颇为独特。比如，儿童想表达程度很深的意思却找不到适当的表达方式，便会采用反复手法加以突出，程度越深，重复次数越多，根本不管是否合乎语法："我家最最老的，就是我的爷爷"（《一年里的事情》）。"最最最最最可怕的，应该是我侄女"（《最最可怕的人》）。他们弄不清爸爸的爷爷这么复杂的关系，便会聪明地采用最直接的方式："我爸爸的爸爸的爸爸"，令你感受到儿童的天真稚拙；有时他们还会借用词语："我的爸爸站在路口，/ 他在那里'办公'，/ 不管汽车，不管电车，/ 都听爸爸的话。/ 要是没有我的爸爸，/ 他们就会打架。"（《你们说我爸爸是干什么的》），将"办公""打架"借用过来，放到一个原本并不十分相称的语境中，平添几分幽默。诸如此类，都令人觉得稚态可掬。作为一个成长中的个体，儿童的思想语汇都处于不断充实丰富的状态中，此时期的语言，往往语汇范围狭窄，语言结构单纯，一旦碰到超过自己表达力的情况，他们就会充分调动有限的语法语汇，利用直观表达、重复等各种手法，创造出虽不合文法却十分简单生动的句子来。俗话说，"听音辨人"，接触这种以拟词句手法记下的词句，不需要任何评论，儿童的天真、儿童的聪明便跃然纸上。

拟词句对大人亦有同样效果。《奶奶看电视》几乎全由奶奶的自言自语组成，从表面上看，这似乎是拟音，但实际上，奶奶令人捧腹的形象全体现在将各种画面随意剪辑粘贴的荒唐逻辑中，记录这种本身颠三倒四的语句，令我们不禁为奶奶的"可爱"而失笑。

当拟音、拟形、拟词句等手段合用的时候，场景的整体感、过程的连续感更有了清晰的体现。比如《我家的特大新闻》中有一段关于小娃娃学步的描写，有声音，有动作，更有动作的连续感，它以直观的描写配合诗歌一顿一顿的间歇，记录了小娃娃起步时的艰难和勇气。这种描摹，总能传达出比简单叙述更多的意味。

当然，客观摹态语汇还很多，远非这几种概括所能穷尽，它们与上述几类方式一起，共同营构了任溶溶诗歌独特的情境化语言世界。

三

语言的这种情境化特色，使任溶溶的诗歌从另一个角度上具有了切合儿童和儿童文学特征的可能。首先，因为摒弃了对事态物态抽象简洁的概括，转而化为详尽具体的客观呈现，他的诗歌往往很有具象感，能够让孩子充分参与体验，这是儿童所喜欢的。其次，因为以画面而不是理念说话，任溶溶的情境化语言往往给孩子以更多的主动权，让孩子在体验中自己去判断、去选择、去感悟，达到"润物细无声"的教育效果。这种教育功能的内化，既是对儿童的理解，也是对儿童的尊重。第三，因为画面可以拆分为景物、形貌、神态、动作、声音等基本元素,客观摹态语汇得以用最基本的语汇去表达,这使得任溶溶的诗歌语言相对浅显。他的诗,基本上由很普通的词汇组成,句式相对简洁,除了数量词、程度副词外,描述情状的形容词、副词极少,书面语就更少。可否这样说,情境化语言在某种程度上导致了任溶溶诗语的浅白,一种有味道的浅白?

在任溶溶情境化的诗歌语言里,我们读出了艺术对任溶溶诗歌的潜移默化,更重要的是,读出了他对儿童思维和阅读心理的理解,对小读者的尊重。正是这种尊重和理解,使他深刻地把握住了儿童诗的特点,糅幽默于平易,寓趣味于具象,最终赢得了儿童的亲近。

原载《中国文学研究》2016年第1期

任溶溶儿童诗的语言艺术

汤素兰

一、诗、儿童诗和任溶溶的儿童诗

诗歌是语言的最高级形式。当我们在欣赏一首诗歌的时候，诗歌的语言是最为重要的内容。诗歌的语言构成了诗歌的形式，营造了诗歌的意境，形成了诗歌的比喻，表达了诗歌的意义。正因为诗歌的语言如此重要，我们赏析一首诗的时候，总是从一行行诗句和一个个语词开始的。自古以来，诗人也总是在遣词造句上下工夫。唐代诗人贾岛就因"鸟宿池边树"是对"僧推月下门"还是"僧敲月下门"而留下了"推敲"的诗坛佳话。现代诗与古典诗相比，没有了格律和字数的严格限制，但也依然有诗之为诗的基本要素要求。一首诗之所以成为诗，必得有和谐的音韵和节奏、精致凝练的诗歌语言以及内涵丰富的诗意。但"儿童诗是诗人通过纯真的眼光和新奇的想象把成人习以为常的现实生活和外界事物童心化、诗意化的产物"。因此，一首儿童诗，还需要有儿童所能理解的浅语与儿童乐于接受的童趣。

在文学的诸多体裁中，每一种文学体裁都有不同的特点。如果说散文长于叙事，韵文则长于抒情。所以，我们平时所接触的诗歌语言往往是包含情感的，所谓"一切景语皆情语""感时花溅泪，恨别鸟惊心"是也。诗歌作为语言的最高级形式，语言的"新""奇"，语言的"反常规"和"陌生化"往往是诗人醉心追求的，所谓"语不惊人死不休"是也。

《快活的小诗》书影

比如诗人匡国泰的《分数线》这首诗之所以让我们印象深刻，是因为语言所描绘的形象和营造的意境的"反常规"：

我们必须把时间像面包一样 / 切成四十五克（每节课四十五分钟）/ 一块块地喂养知识之神 / 夜晚了我们还必须像鸡蛋一样 / 接受晚自习柔和的光照 / 在静夜的羽翼下艰难地孵化 / 为了一个满分 / 从带血丝的红红的眼壳中诞生。

诗人把45分钟一节课的时间喻为可以切成45克的面包，用来喂养知识之神，而一个个满分，是像鸡蛋孵化小鸡一样从一双双带血丝的眼壳里诞生的。

而胡安妮的《蛋》这首诗的成功也是因为语言的"陌生化":

这皮球不圆嘛! / 也可以滚吧? / 啊! / 破了! / 哈哈! / 太阳 / 流出来了。

这首诗将日出时太阳的光辉喻为"蛋"破了,蛋黄流出来了,给我们惯常见的景物一种陌生化的感觉,同时又是那样得贴切。

语言的讲究和精致是一般诗歌的普遍情形。正如诗人闻一多所说,诗歌要达到"三美"——形式的建筑美、声音的音乐美和语言的色彩美。所以,诗人往往会用语言来描景绘色,所谓"诗中有画,画中有诗",比如:

夏天的荷花 / 庆祝生日。/ 一个个绿盘子,/ 托着一个个 / 红红的寿桃。(林良:《荷花》)

但是,读任溶溶的儿童诗,你关于诗歌的这些概念都会被颠覆。他的诗极少抒情咏物,而是长于叙事;语言完全口语化,很少讲究词藻,更不会刻意营造意境;他是用生活语言来写诗的作家,他诗中所写的也是普通的生活。他不是在"写"诗,而是在"说"诗。奇怪的是,这些诗同样充满了诗意,成为了童诗王国里难得的好诗。比如这首诗:

好大一个大剧院 / 它——空空的。/ 要开场了,/ 观众来了一个又一个 / 一个又一个 / 一个又一个 / 一个又一个 / 好大一个大剧院,/ 一下子，人——满满的。

好大一个大剧院 / 人——满满的。/ 要散场了，/ 观众走了一个又一个 / 一个又一个 / 一个又一个 / 一个又一个 / 好大一个大剧院，/ 一下子，又是空空的。（任溶溶：《好大一个大剧院》）

整首诗没有一个比喻，也没有充满色彩的词，更没有刻意营造意境，只是简单地描述出剧院开场和散场的情景，却照样充满了的诗意，还有深刻的意蕴和人生的感怀。因此，从任溶溶的诗歌语言去探究他的诗歌艺术的成功之处，会给我们如何写作和鉴赏儿童诗提供有益的参照。

二、任溶溶儿童诗的语言特色

儿童诗的读者对象是儿童，儿童情趣是吸引儿童阅读的关键。读任溶溶的儿童诗，你会发现他的诗中充满了情趣，却不限于"儿童情趣"，更有"生活情趣"。他常把日常生活信手拈来，写成一首首诗。有时候是在街上见到的一个场景，如《路遇》写一个孩子坐在童车上由妈妈推着去街上溜达，碰上一个坐在轮椅上的老爷爷，由老爷爷的儿子推着在溜达。或者是自己的一段回忆，如《新闻和历史》，写自己这一辈子所经历的像七七事变、二次世界大战、中华人民共和国成立等一些重大的历史事件。也有的是几个不同的人之间的对话，如《你真幸福啊》。这些诗浑然天成，毫无造作之感。综观他的诗歌语言，我们可以见出如下一些特点：

（一）口语化

他的诗歌语言很少挖空心思练字谴词和铺陈比拟，全用平白素朴的口语写成，却处处透着新意。他并不需要放低身段去刻意为读者写诗，去描摹儿童的生活情状。他写自己的生活，写自己的童年，写自己的人生感悟，他将生活中最琐碎的事件也能写成一首诗。比如《一二三，三二一》：

一二三，三二一，

清晨跑步的是一家三口子。一头一尾是爷爷和爸爸，当中是个小孩子，他是爷爷的孙子，他是爸爸的儿子，他们跑得乐滋滋。

一二三，三二一，

他们跑了好大一阵子，

接着向后转过了身子。

一头一尾变了爸爸和爷爷，当中还是那个小孩子，

他是爷爷的孙子，他是爸爸的儿子，

清晨跑步的就是这一家三口子，

他们跑得乐滋滋。

在这首诗中，"一二三、三二一"就是我们平日跑步时随着步伐喊的口令，作者信手掐来，让它入诗，增强了这首诗的现场感。作者截取清晨一家祖孙三代跑步的生活场景，用平实的口语将其描述出来，让我们如临其境，分享这祖孙三代乐滋滋的晨练生活。

（二）自然灵活的节奏和和谐的韵律

读任溶溶的儿童诗，总是琅琅上口的。因为他特别讲究诗的韵律。虽然是现代诗，口语化的句子，自由分行排列，却有着内在的节奏。他不只讲究押韵，还将儿童最喜欢诵念的童谣化入了儿童诗中。比如上面提到的《一二三，三二一》就巧妙借用了童谣"子了歌"的押韵方式。他尝试过四字、五字、六字、七字、八字等不同长短的诗行。有些诗行四言一段，排列整齐。有些却采用退格的方式，把一个长的诗句分几行排列，形成楼梯式的效果。有的只是一个简单的词重复几次，退格排列，不仅变化了节奏，更突出了诗本身想表达的意义。比如：《小宝宝学走路》

> 小宝宝，学走路，不要大人扶，
> 摔跤也不哭，
> 起来一步，
> 一步，
> 又一步。

任溶溶不只是一个作家，更是一个翻译家，翻译过世界许多经典的童话和童诗。他对于中国传统的童谣和相声、戏剧也很有研究。他对于儿童诗歌的各种体式烂熟于心，将世界经典童诗的写作技巧内化了，因而在童诗的写作中才能做到将节奏、韵律使用起来不着痕迹，自然天成。他往往运用复沓的修辞手法，让诗歌自身形成回环，比如前面提到的《一二三，三二一》就是这样。他也常将数数歌、颠倒歌化入诗歌的形式中，让诗歌节奏有规律地错落，达到艺术的效果。他的有些诗，标题就像绕口令，比如《请你用我请你猜的东西猜一样东西》《我爸爸的爸爸的爸爸，说他一辈子在看童话》《这首诗写的是"我"，其实说的是他》。

任溶溶的儿童诗，句子都是口语化的，散文化的，形式上很少呆板，总是富于变化。但这种变化却有音韵和节奏在控制着，让它们始终是琅琅上口的诗歌，而不是散文。

（三）诗歌形式的"视觉化"

一般说来，诗歌是写给耳朵听的。尤其是童诗和童谣，往往是一边游戏一边唱诵的。但是任溶溶的儿童诗，不只是动听的，还是好看的。

首先是语言的巧妙排列，让诗歌变得好看，比如《我给小鸡起名字》就利用复沓的手法，让诗歌有回环的节奏，利用退格的排列，让整首诗变得特别有视觉效果。

　　一，二，三，四，五，六，七
　　妈妈买了七只鸡
　　我给小鸡起名字：
　　小一，
　　小二，
　　小三，
　　小四，
　　小五，
　　小六，

小七。

它们一下都走散，
一只东来一只西。
于是再也认不出，
谁是小七，
小六，
小五，
小四，
小三，
小二，
小一。

他还利用字体的大小来营造视觉效果。比如《书怎么读》：

书怎么读？
一个字一个字地读，
一句一句地读，
一段一段地读，
一页一页地读……
书就是这样读，
不管是本多么厚的书。

他还写过《画人头》《这是一幅画》，把人头和画面直接画在诗歌里。他还写过这样一首《月夜小景》：

> 月亮在人的头顶上。
> 人在桥上。
> 桥在水上。
> 桥在水下。人在桥下。
> 月亮在人的头顶下。

这首诗利用诗句的排列加上一根波浪线，自然而然画出了月下的桥和水中的桥以及桥上的人这样一幅月夜小景。诗本身就是景。

有许多儿童诗人写过图象诗。但我们读那些图象诗时往往会发现作者刻意的描绘和匠心的排列。读任溶溶的儿童诗，这种感觉就不会有。你会发现，图象的效果是水到渠成的，是自然而然的。它和作者的思维、作者的语言已经融为了一体。你会感到这些诗出现的时候，就是这个样子，不是作者有意构造了它们。

他用白描的手法描绘出生活的场景。比如《庐山带回来的一张照相》。有时候他在诗的叙事中突然旁逸出来一个情节与场景，让一首诗的形式发生变化，如《等啊等啊等机会》。这首诗的前面大部分是写一个人天天等机会，结果一事无成。在诗行的结尾处，作者别出心裁，又写另一首诗《对这个人说的多余话》，让一首诗变成两首诗。在《我也爱听故事》这首诗中，中间插入了一个故事。这些变化，让诗歌的形式变得特别富于趣味，不只可读，还可以看。

（四）对汉语语词的创造性运用

任溶溶的儿童诗中，喜欢对"大""小""胖""瘦""高""矮""多""少""新""旧""老""少""聪明""笨"等对比性的词组合运用，让描写的事物形象鲜明，对比强烈，产生戏剧化的效果。比如《我是一个可大可小的人》《大变小、小变大》《聪明爷爷对笨孙子说的话》《这首诗写的是我，说的是他》等诗歌，一看标题就明白，诗借助词语强烈的对比关系写出，令人印象深刻。

比如这首《巨人和香蕉皮》：

话说有个巨人……∥巨人就是巨人，/一点儿也不假，/既然是个巨人，/自然又高又大。∥他活像一座铁塔，/因此十分/百分/千分/万分骄傲："/天下没有东西，/哼，/能够把我摔倒！"∥话说有个小孩子……∥这个小孩很小/很小/很小/正在吃只香蕉，/香蕉能进他的小嘴，/自然比他更小，/更小/更小。∥孩子吃完香蕉，/皮往地上一扔。(/随地乱扔果皮，当然不合卫生。)∥巧的是那巨人，/正好在这儿走。/因为他太骄傲，/眼睛长在额头。/眼睛长在额头，/看天就不看地，/猛地狠狠一脚，/踩上了香蕉皮。……∥结果就是如此：/这么一个很大/很大，/很大的巨人，/竟让一块很小/很小，/很小的香蕉皮，/摔了个元宝翻身。

大大的巨人和小小的孩子、骄傲的巨人和孩子随手扔掉的小小的香蕉皮，对比强烈，最终不可一世的巨人踩了小小的香蕉皮而"摔了个元宝翻身"，强烈的对比产生戏剧性效果。

从儿童语言发展和认知来说，儿童也非常喜欢反义词游戏。实验研究也表明，像厚／薄、胖／瘦、宽／窄、深／浅这样的词，"儿童首先弄清楚他们的反义词，然后才能成对地掌握它们所指的是哪一维。"

除了这些对比强烈、互为关系的字、词之外，任溶溶的诗歌中也常用象声词来增添色彩。比如在《声音》这首诗里，就描摹了"喇叭""炮仗""手表""打钟""敲锣""敲鼓""猫叫""狗叫""鸭子叫""鹅叫""有人说话"等多种声音。

根据不同的需要，任溶溶还在诗歌中运用方言、外语、拼音、数学符号、化学方程式等，让诗歌的语言丰富多彩，读来妙趣横生。

（五）语言的夸张、反讽和悖论

夸张是对事物的某一特征作言过其实的形容。夸张也符合儿童对事物的认知特点。因为儿童对事物的注意不能持久，儿童文学常用夸张来吸引儿童的注意力，引发儿童的兴趣。夸张的方式多种多样，有夸大，也有缩小，有整体夸张，也有部分的夸张。在任溶溶的诗歌中，夸张的使用是很频繁的。夸张的使用可以让诗句以更强的效果冲击着读者。比如在《爬山》一诗中任溶溶形容孩子们的喧哗，"十个扩音器加起来，也比不上这声音"，将声音无限放大。比如《我成了个隐身人》就以孩子的口吻，夸张地说出因为爸爸常常唠叨"我"做事不长眼睛、没有脑袋，而"我整个人啥都不剩——我成了个隐身人！"

"反讽"也就是我们平时所说的"反语"，是正话反说或者反话正说。反讽是任溶溶诗歌中常用的修辞手法。"悖论"指在逻辑上可以推导出互相矛盾之结论。美国学者克林斯·布鲁克斯认为"诗歌语言是悖论的语言",因为诗人借助于语言,赋予日常事物以奇妙的魔力,呈现给读者的是"平常之事其实并不平凡,无诗意的事物其实就蕴含着诗意",从而达到一种奇妙的诗歌效果——产生惊奇,唤醒人们的精神。

比如《我成了个隐身人》:

我的爸爸一点不凶,/ 就是碰到什么事情,/ 总爱咕噜两声。/ "算术题给你说了又说,/ 可到头来还是做错——/ 你这个人没有耳朵!"/ "寄信却跑进了餐厅,/ 大字招牌不看看清——/ 你这个人没有眼睛!"/ "看到长辈不会说话,/ 站在那里像个傻瓜——/ 你这个人没有嘴巴!"/ "自己东西东丢西摆,/ 找不到了还怪奶奶——/ 你这个人没有脑袋!"/ "书包自己不提溜,/ 要让爷爷拿着走——/ 你这个人没有手!"/ "几步路也不肯跑,/ 难道还要妈妈抱——/ 你这个人没有脚。"// …… / 爸爸这样咕噜不停,/ 我整个人啥都不剩——/ 我成了个隐身人!

读这首诗,一开始你会以为作家只是模仿一个小孩子的口吻,把日常生活中爸爸的唠叨如实地说出来,到最后你才会发现,作者的态度完全是站在孩子的立场,表达了对孩子的理解与同情。但作者开始隐瞒自己的态度,故作不知,层层递进,让读者产生深刻印象之后,再顺势引出一个荒诞的结果。这首诗可谓是集夸张、反讽和悖论于一体的代表作。

读任溶溶的诗歌,处处充满惊奇感。你顺着他的思路走,到最后会突然出现一个反转。你读他的《〈铅笔历险记〉的开场白》，原以为会像诗中所言，读到一个很长很长的故事，读到最后却发现竟连头也没开；你正在为小娃娃丢腿丢头惊吓，忽然读到一句"还算好，塑料做的她!"（《一个丢三拉四的娃娃》）；你刚刚在羡慕那个在天上飞的娃娃，到最后却发现：原来不过是坐飞机。（《在天上唱的歌》）。所以，评论家马力说任溶溶总是"善于正题反作、正题旁作、'文不对题'"。任溶溶儿童诗中几乎无处不在的这种反讽和悖论，使诗歌充满趣味和幽默，给读者的阅读带来惊奇。阅读的过程是一个充满期待的过程，如果事件的发展不落窠臼，就能打破读者的阅读期待，产生意外的惊奇，带来更加愉快的阅读体验。儿童总是渴望新奇有趣的事物，任溶溶的儿童诗正好契合了儿童的这一心理特征。

三、任溶溶儿童诗带给我们的启示

任溶溶的儿童诗，都是明白如话的，很少有铺排比喻，很少华丽的词藻，他的儿童诗多为叙事诗，写的就是日常生活中的琐碎小事。他的诗节奏鲜明，讲究音韵，读来琅琅上口。他的诗还特别幽默好玩，富有趣味。

任溶溶的儿童诗，对我们当下儿童诗的写作和阅读，有许多启示性的意义。

（一）真即是美

任溶溶说，"我写儿童诗，很多的创作都是在写小时候的自己。我有一本小本子，专门把我想到的有趣的东西统统记下来。我的儿童诗不是凭空捏造的，里面有一大部分是我童年有趣的事情，也有一些是我孩子有趣的事情。"他的儿童诗全部取材于生活中，是生活中的细小事件。一切艺术都是以真实的生活为基础的。布瓦洛在《诗的艺术》中说："没有比真更美了，只有真才是可爱。""它绝不告诉读者自己不信的东西。"

诗歌有叙事、咏物、抒情多种类别。大多数儿童诗是咏物和抒情的诗。物是一种客观的存在，中国诗歌传统悠远，许多事物都被一代代诗人反复吟咏过，很难写出新意来。人虽然有千差万别，但人的喜怒哀乐也是古今相同的。唯有我们每一个人生活都是不同的，因此，以日常生活为基础的叙事诗，能带给我们更多阅读的惊喜。

（二）烂漫的诗心

要将平凡的生活写成一首诗，尤其写成一首值得回味、充满诗意的"真诗"，需要有高超的艺术技巧，更需要有一颗善于发现生活诗意的烂漫诗心。

接触过任溶溶先生的人都认为，任溶溶是一位天生的儿童文学作家。"他与儿童读者具有一种与生俱来的、本能的、天然的默契感。""任溶溶对儿童的热爱是来自内心深处的。在他那里，为儿童写作是非常自然和非常快乐的事情。对于他，为儿童写作除了使命感，更是一种心理上的需求。也正因为如此，他童心永驻，并不因年龄的增长与儿童疏远。可以说这种先天特质，是任溶溶的创作能够跨越不同时代的一个带有根本性的原因。"

对儿童的热爱和永驻的童心，让他能理解儿童的心思和烦恼，让他像个孩子一样对世界保持好奇心，让他善于发现平凡生活中的奇妙，发现合理背后的荒诞，逻辑背后的矛盾。从而使得他的诗歌富于游戏性和幽默感,妙趣横生。

读任溶溶的童诗,你还能感受到他乐观、豁达的生活态度,也正是这种生活态度,让他的诗不限于表达儿童情趣,而是表达丰富多彩的生活情趣。

(三)丰富的诗歌营养

读任溶溶的儿童诗,你读到的通篇是朴素的口语。句子是散文化的,跟平时说话几无差别。但当它们排列在一起的时候,就成了一首首诗。他的诗仿佛最为简单,全无技巧,这其实就是最大的技巧。

他有丰富的文学素养。他精通英、俄、意、日四种文字,翻译过许多世界经典文学名著,有深厚的外国文学的滋养。他对中国民间文学、童谣也烂熟于心,所以,传统童谣的数数歌、绕口令、子了歌、颠倒歌在他的童诗里常常不期而遇。正如学者方卫平所评论的,"这些素面的童诗让我们想到诗歌的某种返璞归真。我想,只有对语言的节奏和韵律烂熟于心,对童诗的体式有了某种了悟,才会写出这样的诗歌。"

(四)传统童谣和儿歌是儿童诗的乳母

童谣是口耳相传的,是祖先教育与娱乐后代的重要形式之一。它们浅显单纯,琅琅上口,便于记诵,富有趣味。经过千百年的传诵,童谣有了一些基本的格式与类型,如数数歌、绕口令、连琐调、颠倒歌、问答调等。将童谣的格式与音韵用于童诗的写作,往往会收到意想不到的艺术效果。

(五)有意思的诗比有意义的诗更有味道

意义是人对自然事物或社会事物的认识,是人为对象事物赋予的含义,是人类以符号形式传递和交流的精神内容。一首诗的意义一旦被作者内植进诗中,便是固定的,也是能被读者理解出来的。而"意思"的内涵比"意义"要广泛得多,既可以是"意义",也可以是"趣味"。儿童处在思维发展的阶段,给儿童阅读的诗歌,如果能拓展儿童的想象和思维,能带给儿童愉悦的情感体验,这本身就是有意义的。

尤其是那些富于游戏性的语言,更加有助于儿童语言的发展,因为在儿童的成长阶段,他时刻处于游戏的状态中,儿童的自发语言原本就是处于适当的游戏语境中的。现代儿童文学理论的奠基人周作人也一直提倡"无意思之意思"的儿童文学,认为那才是最高明的儿童文学。所以,像绕口令、颠倒歌等传统童谣,对于儿童成长的意义,完全不亚于《爱的教育》这样的作品。

阅读中国的儿童文学作品,我们会发现富于教育意义的作品很多,儿童文学作家哪怕采取幽默好玩的形式来写作,也总是想达到"寓教于乐"的目的。像任溶溶这种充满感性、富于游戏精神、幽默好玩的作品殊为难得。任溶溶先生有一首诗,是某次到香港讲学时,清晨听到狗叫后写的,诗名就叫《狗叫》:

我对门是一排别墅,/ 偶然一声狗叫:/ 欧欧!猛一下子到处狗叫,// 从别墅这头到那头。// 难道对门家家养狗?/ 我忍不住往外瞅瞅。/ 不,不,/ 养狗的只有一家,/ 其他叫的,/ 是小朋友。// 你看他们伸长脖子,/ 大叫特叫,把狗来逗。/ 他们越叫越是来劲,/ 汪汪汪汪,/ 欧欧欧欧!/ 大家倒是看看那狗,/ 它好奇地侧转了头,/ 干脆静下来"听"热闹:/ 竖起耳朵,/ 闭上了口。

这样的诗说不出来有什么意义，但是如同一幅素描，画出了一个清晨饶有趣味的生活场景，给人以愉悦，觉出生活的美妙，童心的美好。

语言不只是我们表情达意的工具，也是我们思维的工具，语言甚至就是思维本身。儿童并不是天生就能掌握语言的，而是通过听、学习与模仿来发展和掌握语言的。童诗是儿童学习语言的最佳教材。

诗教一直是儿童教育中重要的内容。"熟读唐诗三百首，不会吟诗也会吟"，实际上就是讲诗歌对我们语言涵养潜移默化的影响。让儿童学习什么样的诗歌语言，对儿童语言的发展、心智的开发和品格的养成十分重要。

任溶溶的儿童诗告诉我们，好的儿童诗并不需要华丽的词藻和铺排的比拟，也不需要刻意去模仿儿童的情态。他从不刻意找诗，却能随手将生活场景变成诗。正如他自己所说，"根据我的经验，诗的巧妙构思不是外加的，得在生活中捕捉那些巧妙的、可以入诗的东西，写下来就可以成为巧妙的诗，否则苦思冥想也无济于事。"任溶溶的儿童诗，除了儿童情趣之外，更有丰富的生活趣味。他的视野开阔，对事物的观察格外敏锐，同时又具有豁达、乐观的人生态度。他的诗中既有一个儿童文学作家对孩子的爱，又有一个睿智的长者的生命感悟和人生智慧。他把自己对世界、对生活的体验放在童诗里和孩子们一起分享。读任溶溶的童诗，同时也是在分享一个智慧长者的生命体验。

原载《中国文学研究》2016年第1期

追·思·溶·溶

"老哥"任溶溶

简 平

　　我和著名翻译家、作家、出版家任溶溶先生是名副其实的忘年交。任溶溶大我35岁，属于我的父辈，但他一直管我叫"小弟"，而在我心里他就是我最爱戴的"老哥"。

　　在"老哥"任溶溶生命的最后几年里，我俩的情谊越加深厚了。由于戴上了须臾不能离开的氧气面罩，他基本谢绝了别人的探视，对我这个小弟却"网开一面"。我可以不用通报，随时去看望他，和他海阔天空地聊天。这位视快乐为儿童文学主旋律的长者，即使戴着氧气面罩，即使肌体开始退化，仍始终乐观而幽默，所以，我们每次相见都很快乐。

　　我和"老哥"任溶溶聊得多，有一点是因为我们有一个共同的话题，那就是动画电影。说起动画电影，任溶溶觉得这对他走上儿童文学翻译道路有着重要的影响。他是资深电影迷，三四岁就坐在妈妈膝盖上"孵"电影院了，尤其喜欢看动画片。他还开了家一个人的"电影院"——自己编写电影说明书，自己写故事，自己定演员……他说起自己看过的影片总是滔滔不绝，连小时候看的影片都记得一清二楚。他曾回忆道，早年间看好莱坞电影，正片前都会加放一些短片，"加映的动画片是我们孩子的至爱。在迪士尼改拍长动画片后，加映的动画短片就只能看到《猫和老鼠》以及《大力水手》了。"当然，有了长动画片后，他就更加痴迷了。而他最早翻译的外国儿童文学作品，恰好有许多改编成了动画片，因此大受欢迎，也鼓起了他翻译的劲头。比如，他翻译的《小鹿斑比》《小飞象》等，都是迪士尼动画片英文原著。

让任溶溶没有想到的是，有一天，他自己创作的童话也会被拍成动画片。1962年，由上海美术电影制片厂拍摄的动画片《没头脑和不高兴》上映后轰动全国，家喻户晓。任溶溶成了香饽饽，被动画片创作者拉进了"圈子"里，经常去参加相关的讨论和策划。1979年，他的《天才杂技演员》又被拍成动画片，又是好评如潮。2008年夏，我所在的上海广播电视台（SMG）想加大动画片的创作力度，让我把任溶溶请来开会做参谋，他非但认真准备，亲自到会发言，还陆续写了好几封信来，提出了许多宝贵的建议。

有一次，他给我寄来两本他翻译的书，一本是《地板下的小人》，一本是《吹小号的天鹅》。他告诉我说，这两部儿童文学作品都被搬上了电影银幕，前一部他多年前看过，后一部则是新近在电影频道里看的。动画片片名改成了《真爱伴鹅行》，一开始他还没意识到，看了一会才惊喜地发现，这不就是根据《吹小号的天鹅》改编的吗？因此，他认为抓好原创儿童文学可以为动画片的创作提供丰沛的源泉。他在随书致我的信中深情地写道："我是衷心祝愿我国美术电影事业更上一层楼的。"

任溶溶是从2016年开始戴上氧气面罩的。那年8月，他因呼吸障碍住进了华山医院。我去看望他时，问他想吃点什么。任溶溶是个美食家,可那时他说只能吃粥了,我听了很是难过。他虽然出生于上海,可祖籍是广东,小时候还在广州生活过,因此,对粤菜情有独钟。于是,我去久光百货八楼的金桂皇朝粤菜馆排了很长的队,为他买了三种粥——顺德拆鱼粥、皮蛋猪展粥、冬菇滑鸡粥。

　　戴着氧气面罩的任溶溶瘦了不少,说话因戴着面罩而有些吃力,但思路清晰,精神也不错。即使生病住院,他还是停不下笔来,在用过的废纸上写东西,其中记录了他的邻床中午吃了多少饭、多少菜:"这位98岁的老人,虽然比我大5岁,可是身体比我好得多。有许多生活细节,他都能自理,特别是他的吃功令我十分佩服。他从不挑食,来什么吃什么,吃得精光。"我看后不禁莞尔。他悄悄地用手指给我看,确认他写的是那位邻床。我也悄悄地附在他的耳边说:"你把他的姓名和身份搞清楚,以后写篇文章。"他听后点了点头。

　　后来,他真的去问了,原来这位邻床是抗日老战士,曾在新四军的兴化独立团任职。在医院日夜陪护的任溶溶的小儿子任荣炼告诉我,父亲每天都这样在纸上写写画画的。我临走时,问任溶溶要了那张纸,并突发奇想,我要把他写的这些东西统统收集起来,然后出一本书。我的这个愿望后来真的实现了,2018年6月,收有任溶溶写于2016年6月至2017年5月间文字的书《这一年,这一生》由明天出版社出版,作为我献给"老哥"的生日礼物。这本书里,我还请荣炼画了插图,这些插图同样非常幽默,有一种动画片的感觉。

　　渐渐地,任溶溶连粥也吃不了了,我非常担心,跟他说,总是要吃一点东西的，不然，身体怎么会好呢。他想了想说，那就喝点葡萄汁吧。我追问：你想喝哪种牌子的？他又想了想，然后告诉了我。我当即买了两箱送了过去。去年3月，我去看望他时，跟他说了一件事：我读中学的时候，没有什么书可看，学校图书馆的一位老师见我喜欢看书，便偷偷地塞了两本书借给我，其中一本是商务印书馆出版的意大利作家柯罗狄的《碧诺基欧奇遇记》（即《木偶奇遇记》）英语简写本。我说，我在写自己的影像自传时，又看了一遍这本书，还在网上看了一遍根据这部童话改编的动画片。任溶溶听后，马上让荣炼找出人民文学出版社出版的他翻译的《木偶奇遇记》。说起这本译著也是传奇。我当年无书可看的时候，任溶溶在干校里也无事可做，于是，他偷偷自学起了意大利语，甚至不声不响地从意大利语直接翻译出了《木偶奇遇记》。他说，我们俩还真是"有缘"啊。他很开心地用有力的笔触在书上为我题签："最最最最亲爱的好朋友简平小弟留念"。

2022年5月19日是任溶溶的100岁生日，没有想到，一场疫情竟让我们难以相聚。

在这之前，荣炼几次发来微信，说他父亲很想念我、问候我。我想来想去，决定拍一条视频给任溶溶，祝他生日快乐。荣炼说，他父亲看了好几遍，并谢谢我对他的祝福。今年夏天，上海特别炎热，我放心不下任溶溶，跟荣炼商量，我拿到核酸检测报告后，即让女儿开车送我去他家探视。可荣炼说，疫情还没有缓解，天气又过热，还是再耐心等。9月中旬，我和荣炼终于约好，23日那天去见那么长时间没有见到的任溶溶。

不料，22日早上，我却得到了任溶溶在当日凌晨于睡梦中离世的噩耗。

那天晚上,我和荣炼在电话里一起失声痛哭。

虽然"老哥"不在了,但23日我还是如约前往。看着空落落的床铺,想到以往我们坐在床边聊天的时光,不禁泪水汹涌。我脱下帽子,向任溶溶的遗像鞠躬,我在心里说,我的生命里能遇到这样一位诚挚的老哥,这是何等的幸运!

我才离开,收到荣炼发来的微信:"帽子忘了!没头脑!"

我回复道:"先搁着吧。不高兴。"

原载2002年10月27日《解放日报》

快乐的童年是您给的

赵 蘅

2022年9月22日，北京夜晚北风呼啸，与本应蓝天白云的初秋反差强烈。一整天眼眶打湿内心难过的我，只有一种解释，敬爱的任溶溶先生永远离开了我们！

记忆的闸门被打开，将我带回七十年前的儿时，在南京那个幽静洋房花木葱郁的陶谷新村21号。我第一次读到任老的儿童读本，七本译作、一本原创：《快乐的小诗》《亲亲爱爱一家人》《金钥匙》《6个1分》《彼加怕一些什么？》《铁木儿和他的队伍》和《没头脑和不高兴》。这些书开本并不大、并不厚的童书，现已破损不堪，书页发脆，以至于今天我从柜子里翻找出来，生怕会给碰碎了。但是它们却依然魅力无穷，如此强烈地将白发苍苍的我一下子拉回稚气十足快乐非常的童年！

小时候我只是喜欢读任老的书，觉得好玩好看。长大后，经过无数次风雨，才懂得这些质朴且美妙的译笔，其实早已深深刻在自己的心里了。那些可爱有趣的书中人物，始终伴随自己成长，有的人物中也能找到自己的影子。我所坚持的善良坚强，勤劳勇敢，我注重的不畏艰难与人分享喜忧的品质，都是早年书本上赐予的啊。

有幸在三十多年后的1985年，我受邀参加了一次儿童文

《住在屋顶上的小飞人》书影

学创作会议，在庐山见到了心中崇拜的大作家，曾和任老有过一周的交往。那时我起步写作刚几年，不够自信却渴望成功，任老的和蔼可亲的笑容和幽默风趣的谈吐，让我不再拘束。会后我将珍藏的任老的书寄给先生，很快得到了回音，先生不仅在书上补签了名，题了词，还附上了一封信。这让我惊喜非常。次年我把发表小说的报样寄去向先生汇报，他同样这样认真地鼓励我。今天在任老的几代读者一片哀痛的日子里，这些文字更显弥足珍贵：

赵蘅同志：

谢谢您让我看这本您珍藏了三十几年的童年爱物——《马尔托诗选》。我认为，一本儿童文学作品，小时候觉得好玩，大起来觉得

有价值，就是一本真正好的儿童文学作品。就希望您写出这样的好作品。

任溶溶
1985年9月29日

赵蘅同志：

　　您好！

　　谢谢寄给我大作，祝贺它在《人民日报》发表。您的作品富有童趣，望多写。

　　寄给您一本拙译。

　　您的孩子一定在画大画了吧？

　　敬礼！

任溶溶
1986年6月22日

　　先生信中所说的孩子叫傅鸫，现年48岁，正在四川宜宾等待开拍他导演的电影新作。当年他才10岁，随我上庐山，童言无忌，给与会的作家们带来笑声，让任老一直惦念着。鸫儿的姥姥刚过103岁生日，今天下午在南京和我通了话，她特别提到同行任老的离世，连连说："真糟糕，我还想给他写信呢！你们小时候在陶谷新村读的《没头脑和不高兴》……你一直是一个乖孩子。你要写啊，早该写了。我也要写的！你还保存这些书，太好了，看完寄给我啊！"

　　感恩任溶溶先生大爱的启蒙，感恩所有的滋养我们这代人成长的文学大师，愿先生一路走好，天堂安息！

永别了，好老头儿。

节选自2022年9月23日"藏书报"微信公众号

任溶溶：纯真宽厚，永远怀有赤子之心

束沛德

　　8卷本《任溶溶文集》和20卷本《任溶溶译文集》的问世，是我国文学界、出版界的一大盛事，也将在当代儿童文学史上留下光辉灿烂的一页。

　　任溶溶先生是我国文坛一位德高望重、学贯中西的儿童文学大家、翻译巨匠。他的百岁人生，是一路有孩子相伴的快乐人生，也是有文学相伴的诗意人生。他的文质兼美的等身著译，是我国儿童文学高地上一座令人瞩目的丰碑，也是滋润亿万读者心灵的最佳乳汁。对任老在儿童文学翻译、创作、编辑诸方面的杰出成就和贡献，我们永远怀着深深的敬意和感激。

　　最早记住任溶溶的名字，是在20世纪50年代初。我记得，他翻译的《古丽雅的道路》（原名《第四高度》）刚一问世，我就从书店买来，如饥似渴地阅读。它和《钢铁是怎样炼成的》《卓娅和舒拉的故事》等苏联文学名著一起，是我成长路上难以忘怀、影响最深刻的读物。我把主人公古丽雅当作学习的榜样，力求像古丽雅那样不怕困难挫折，勇往直前，在精神、品德、学识上攀登一个又一个高度。

1987年，任溶溶与小读者在一起

我与任溶溶相识相交已近半个世纪。1981年，我与任老在南京参加《未来》儿童文学丛刊编委会议，在秦淮河畔同住一间房，推心置腹地彻夜畅谈，诉说各自的经历、遭际、志趣、爱好，让我顿然觉得有幸结识了一位情投意合、心灵相通的好友。新世纪之初，我和他有缘同获宋庆龄儿童文学奖特殊贡献奖，在现场接受记者采访的热烈情景；在深圳召开的全国儿童创作会议主席台前与他自由交谈、含笑合影的愉悦时刻；在上海泰兴路他的寓所，不止一次促膝谈心的亲切氛围，至今一桩桩、一幕幕清晰地浮现在我的眼前。

面对我书柜里任老历年亲笔签赠的大著或选集，我不禁发出时不我待、岁月易逝的感慨。30年前，他在扉页上题签"我70岁了!"《给我的巨人朋友》那本书中收有他的代表作《爸爸的老师》《你们说我爸爸是干什么的》《没头脑和不高兴》《一个天才的杂技演员》等。这些作品的巧妙构思、幽默风格、游戏精神，不能不令人拍案叫绝。

他面赠我的译作诗集《什么叫做好，什么叫做不好？》，在扉页上醒目地写了"时年八十八"。时隔8年，当他96岁生日之际，又赠我以《任溶溶给孩子的诗》。70岁、88岁、96岁，不断有新作发表，不断有新书出版，若不是对儿童文学怀着发自内心的、自然而又执着深沉的爱，若不是富有天天想写、多干点活的辛勤耕耘的精神，是绝对做不到的。

在我与任老的多年交往中，无论是交谈还是通信，有这么两点给我留下了特别深刻的印象。

一是密切关注作品质量的提高，关注青年作家的成长。2011年初春时节，他在给我的一封信中写道："我如今关心的也只有儿童文学，希望大作品出世，好像也不容易。我只希望年轻的儿童文学工作者修养越来越高。儿童文学也是文学，文学修养不能降低。"任溶溶先生目光长远、视野开阔，翻译了大量有口皆碑的世界儿童文学经典，从《安徒生童话全集》到《木偶奇遇记》，从《洋葱头历险记》到《随风而来的玛丽阿姨》，从《长袜子皮皮》到《夏洛的网》，从《马雅可夫斯基儿童诗选》到《马尔夏克童诗选》，都是广大读者喜闻乐见、爱不释手的精品力作，也是我国儿童文学作家学习、借鉴的优秀文本。他热切期盼我国儿童文学作家，特别是青年作家努力提高自己的思想、艺术素养，从"高原"向"高峰"攀登，写出传得开、留得下的富有文学品质、艺术魅力、儿童特征的"大作品"来。

二是十分重视文学组织工作，强调组织者要懂行。在任老看来，儿童文学要发展繁荣，离不开组织、指导、服务工作。他对我说，"儿童文学界没有冲锋陷阵的虎将、猛将、大将不行，还要有摇羽毛扇、诸葛亮式的人物。出主意，提建议，登高一呼，带领队伍前进。"他还认为，做组织工作的，要有奉献精神，要懂行，是熟悉文学特点和规律的内行。我是一个文学组织工作者，多年来心甘情愿在儿童文学舞台上跑龙套。尽管我只是做了一点力所能及的为儿童文学鼓与呼的工作，任老却不止一次地勉励我："您一直指导并领导这一工作，是位内行领导，成绩有目共睹。"当我从中国作协儿童文学委员会负责人的位置上退下来，表示将逐渐淡出儿童文苑时，他极其真诚地对我说："如今儿童文学新人新书多，正需要高人指点，希望千万勿淡出儿童文苑。"我由衷感谢任老对文学组织工作的认同、理解和尊重。然而，近些年由于自己年老、怠惰，未能如任老所嘱"多写评论""多提携新人"，辜负了他老人家的期望，不免感到愧疚。

永远怀有赤子之心，酷爱儿童文学，翻译、创作两翼齐飞的任溶溶告别我们远行了，而且渐行渐远，但他纯真宽厚、风趣幽默的人品文品永远刻印在我的心坎上，他的名字将永远留在中国当代文学史册上。

原载2023年7月10日《文艺报》

我的父亲任溶溶

任荣炼

木偶电影

父亲收藏有木偶电影《好兵帅克》彩色剧照印刷品，这是捷克斯洛伐克大艺术家特恩卡的代表作品，大概20世纪50年代在中国放映过。电影剧照印刷品应该是非卖品，我小时候常在电影院售票处的招贴栏看到，真不知道我父亲是怎么弄到的。

木偶的形象非常有趣，《好兵帅克》也是有趣的故事，有趣的形象加有趣的故事，一定好玩得不得了！我出

2008年5月29日，在北京接受第十四届宋庆龄"樟树奖"

生晚，没有看过电影，小时候只能听父亲说电影。其中有一个情

节念念不忘，就像看到一样。他说木偶帅克走路很有特色。帅克是士兵，命令他：向后转，开步走！只见帅克脑袋唰地180度向后转，然后身体也唰的180度向后转；走起来……嗐，只有木偶做得到。太绝了！

随着网络的普及，电影都能在网上找来看。有一天，我想起小时候看过的老电影，就找了一下，也想到没看过的美术老电影《好兵帅克》，居然找到了！我当然会特别关注帅克向后转。从头看到尾，没有看到！我不死心，反复找。没有找到！虽然木偶帅克向后转开步走很滑稽，但真没有脑袋先转180度，再身体转180度啊！

我不相信父亲会胡说八道，但也没有去问父亲为什么，这太没趣了。我想，一定是父亲非常喜欢这部木偶电影，又为它设计了一个动作吧。

我父亲是很喜欢木偶戏的，记得他说起过福建漳州木偶，我网上一查，大开眼界。他还写过木偶的儿童诗，称赞木偶操控演员。改革开放后，他的童话《一个天才杂技演员》曾被拍成木偶电影，就是曲建方导演拍摄的《天才杂技演员》。不过我父亲不满意这部木偶电影，他怀疑拍木偶片不合适，是不是应该拍成动画片？后来我对父亲说，用动画片拍摄也不一定成功，因为这篇童话是文字精彩，让小读者边读边想象，脑袋中杂技演员古怪的身手和变形，怎么拍得出来呢？我父亲听了觉得有理，也就开心起来了。

录音带

父亲有一百多盒录音带，除了十多盒京剧和古典音乐，都是欧美流行歌曲，大部分是他自己录音的。

多莉·帕顿（Dolly Parton），惠特妮·休斯顿（Whitney Houston），迈克尔·杰克逊（Michael Jackson），黛比·吉布森（Debbie Gibson），格洛丽亚·埃斯特凡（Gloria Estefan），雪儿（Cher），安妮塔·贝克（Anita Baker），唐娜·莎曼（Donna Summer），芭芭拉·史翠珊（Barbra Streisand），等等。还有许多我不大熟悉的。

20世纪80年代出现了录音盒带，我父亲去香港，带回来一个夏普双卡录音机，还带了好朋友何紫的孩子送他的旧录音带，一定是他们喜欢的吧？有披头士的，芭芭拉·史翠珊的，还有日本歌手五轮真弓的。

当时上海广播电台调频播放欧美流行歌曲和音乐，我父亲追着听，有了录音机，就追着录音。录音机能录音，也能抹音。把这位歌手的歌曲集中起来，把那个混入的播音员声音抹去；抹去不想留的歌曲；音质差了？重新录！就像他做编辑工作一样，把录音带倒来倒去，按键噼噼啪啪，盒带封套写上歌曲名。我父亲一点不怕烦，天天专心地对着录音机。

因为调频播音时间是固定的，早上听到喜欢的歌曲，下午重播时，他就守在录音机等着录音。我母亲告诉我，有一次，来了一位朋友，也可能是出版社的编辑，我母亲请他坐下，上楼叫我父亲。不巧，正碰上父亲在录音，说请客人等一等。一直等到录完，他才下楼接待客人。我母亲说，唉，等了很长很长的时间啊！我也不知道有多长，真难为情。

我父亲什么时候不再热衷于录音的？调频内容改了？录音机

问题？也可能是我父亲后来常下楼，陪着卧床的祖母。我不记得了。直到祖母去世，他就搬到楼下睡觉，那时候好像也流行光碟了。我印象中DVD盛行时，我父亲曾买过几张欧美流行歌手的光碟，肯定有惠特尼·休斯顿的，那是他最喜欢的。电影《保镖》上映，他好像还带着孙子去看了。

我母亲走了，现在我父亲也走了。这些录音带我都保存着，录音机早已处理掉了。没关系，我按照盒带上我父亲写的小字在网络上找到了歌手，听到了几十年前的歌声。很熟悉，很好听的！我父亲当时像我现在的年龄吧？听得我热泪盈眶。

那位客人还在吗？有一盒录音带让他在我家客堂等啊等啊！

忆与任老的交往

韦 泱

9月22日，打开手机，我一惊，朋友圈是一片悼念任溶溶的文字。我突感一阵悲哀：再也见不到任老了！

今年上海疫情肆虐，接着是连续高温，再就是台风横扫，一直没得机会去看望任老。

想不起何时与任老相识，总有二十年以上的时光了。那时我常去诗人兼翻译家吴钧陶先生的家，吴老喜欢热闹，每得翻译稿费，就会请同事、同好来"啜一顿"。译文出版社的老同事任溶溶，是他必请的座上客。我作为小辈，常叨陪饭桌。这样，我认识了任老。

最最近距离的一次交往，是在2007年春天。上海作家孔海珠请了不少文化老人，其中有徐中玉、钱谷融、贺友直、沈寂等，当然也有任溶溶。因为，经过筹建，"孔另境纪念馆"在家乡浙江乌镇举行开馆仪式。仪式时间很短，很快结束了。余下的大部分时间，是大家喝酒聊天，游玩古镇，从东镇玩到西栅，还住了一宿。我就陪着任老转悠，从河畔到街店，逛累了，就在古桥上坐坐，我乘势举起单反相机（那时还没有拍摄功能的手机呢），给他拍了休闲照。然后坐下，听他聊天，完全是"一对一"方式。他说："我忘不了孔另镜啊，他是我的贵人。他在还没有认识我之前，就大胆发表了我的译文。"那是1946年，任老刚从大夏大学毕业，闲着无事，就找来苏联出版的英文杂志《国际文学》，翻译起平生第一篇外国儿童小说《黏土做的炸肉片》。翻完，被好友倪海曙看到了，他热情地交给他的好友孔另境，孔就把译文刊在自己主编的《新文学》创刊号上。而刊物的美编是美术装帧家钱君匋，这位美术大师把任的短短译作，巧妙地排在其他文章中间，显得特别醒目、得体又美观。过了不多日，拿到登载自己处女译作的崭新刊物时，任溶溶别提有多高兴了。以至多少年过去，他都没有忘记孔另境和钱君匋。

在认识任溶溶之前，我已"认识"了他的不少旧著。我在旧书摊常常看到他的译著，都是外国儿童文学翻译本子。那些煞是好看的彩色封面，充满童趣的画作，让人舍不得放手，就一一淘下携之回家。有时正好去任家，就带去向他汇报淘书"战况"，顺便就请他签个名。他兴奋地说，我年轻时也喜欢淘书啊，一有空就朝大马路（今南京东路）别发洋行（现为外文书店）跑，专淘给小孩看的外文旧书，以后就开始翻译迪士尼童话作品。想不到我与任老，还是"淘客一族"哪！

之后，我淘得任老的书渐渐增多，竟有了几十本。一天，我对任老说，我退休了，可以好好读完这些书，给你写本书吧。他说好呀。就这样，我花了一年时间，就写出了《任溶溶这样开始翻译》，把他从20世纪40年代后期，到50年代后期的重要译著，写成五十篇书话，配上原书的封面画，形成一图一文的可读之书。任老欣然为此书作序,文中说道:"通过这样一本比较特殊的书话集,可以了解特定时期我国儿童文学翻译情况,这也是一种历史的重温。"

这是任老在鼓舞我哪。他的话,将激励我永远做个儿童般天真之人,纯洁之人。

在百岁"老顽童"的译文集里，共享同一个快活童年

傅小平

2022年，儿童文学翻译家、作家任溶溶先生迎来了百岁寿辰。他曾供职多年的上海译文出版社因为这个机缘，也因为去年四月隆重推出的、国内首部收录其翻译的近四十位知名作家的八十余部作品，全二十卷，总字数近千万字的译著结集，于1月12日在世纪出版园举行了"《任溶溶译文集》出版座谈会"。作为主角的任老却因"年事已高"，遗憾没能出席。但即便他年事不高——在儿童文学读者眼里，也定然是还年轻，他也多半不会出席座谈会。多年前，他就坦言，自己"见到这种场面就紧张"，怕惊扰朋友来当着面称赞自己，更怕"热闹后的寂寞"。

事实上，在以文质兼美的翻译和创作营造的儿童文学世界里，任老不会寂寞。而以他的成就，他完全可以坦然接受来自四面八方的致敬。他的老朋友、儿童文学理论家束沛德称赞他是"我国文坛一位德高望重、学贯中西的儿童文学大家、他不仅是童书翻译的巨匠，也是童诗、童话创作的能手、高手"。还称道，"皇皇近千万言的《任溶溶译文集》，是我国当代儿童文学的瑰宝，也是

文化领域难以估量的精神财富"，并非溢美之词。上海市作协副主席赵丽宏说："任老一直坚持儿童本位，如同他自己所说——我总想让他们看得开心。他翻译儿童文学口语化、通俗易懂，又带着特别的优美。他翻译儿童诗，声韵、节奏符合儿童需求，又不失诗的韵味。他纯粹、坚持，一辈子为孩子们写作、翻译；他专注、追求自己的风格，那就是用化繁为简的方式让文字抵达读者"，亦可谓中肯的评价。无论作家张弘说的"他一辈子谱写着快乐的主旋律"，还是本报主编、作家陆梅说的"任老就像移动的图书馆和灯塔"，也都是她们经过阅读体认后发出的由衷之叹。

任老能得如许敬意，在很大程度上源于他如上海译文出版社社长韩卫东所说，一辈子用心做好一件事，并做到了极致。但有意思的是，他并不是一开始就从事儿童文学翻译和写作。任老祖籍广东鹤山，母亲是广东新会人。父亲在上海开了家纸行，专门卖进口纸。他1923年5月19日出生于上海虹口闵行路，取名任根鎏。4岁时被抱去上私塾，"开学"向孔夫子和老师叩礼后即逃学回家。5岁时从上海回到广州，直到小学毕业，于1938年返回上海。1940年10月，他读初三，到苏北参加新四军。因为出发的那天是10月17日，为了防止家里人找到他，他依照这个日期改了个名字叫"史以奇"，后来担任国家出版局局长的王益说："姓别改啦，就叫任以奇吧。"他也就得了这个被认为是原名的名字。只是半年之后，他就因为患了黄疸肝炎被部队劝退回到上海。刚回到上海时，他看了左拉的小说《屠场》很是感动，就把它改编成剧本，在这个讲述工人因为到处碰壁最后变成酒鬼的故事里，他非常得意地用上了父亲常说的一句话："富贵心头涌，贫穷懒惰眠。"然而很不凑巧的是，"后来一个朋友说他们想拿这个剧本去演出，结果这个朋友家失火把剧本也烧掉了，烧掉之后我跟成人文学就不'搭界'了。"

1946年，任老翻译了第一篇外国儿童小说，是英文版《国际文学》上的土耳其小说《粘土做成的炸肉片》。他后来"自我批评"，因为缺乏经验，把这题目译得太直，其实可以译作《烂泥做的炸肉排》。但不管怎样，他碰巧翻译了这么一篇儿童文学作品，也就从此与儿童文学就结下了不解之缘。后来，他的一位大学同学到儿童书局编《儿童故事》，急需翻译找到他，他就乐呵呵地帮着翻了，他到外滩别发洋行去找资料，到外文书店一看，看到迪斯尼出的书，他觉得那画简直太美了，就买回来陆续翻译，从此就一头栽进去了。除了向同学的杂志供稿，他还自译、自编、自费出版了十多本儿童读物，如《小鹿斑比》《小熊邦果》《小飞象》《小兔顿拍》《快乐谷》《彼得和狼》等，都译自迪士尼的英文原著。

多少年后，任老自我调侃道，当时如果不是接触翻译，他大概就去做了考古。"我曾碰到一个考古学家，很受他感染，日思夜想的就是跑到从没打开过的古墓，看看里面是什么样。"但与儿童文学翻译结缘后，他更是深受感染，想象如果自己创作会是什么样。因为他从那些他翻译的外国优秀儿童文学作品中，看到了作者怎样从丰富的生活中找到好点子，同时慢慢觉得在自己的生活中也有不少好东西可写。于是他用个小本子记下许多生活中生动的故事，开始了儿童诗、小说的创作。就这样，他创作了《我的哥哥聪明透顶》《爸爸的老师》等一大批儿童诗，1956年，他创作了至今都使人津津乐道的《"没头脑"和"不高兴"》。正是这一年，如今担任上海翻译家协会会长的魏育青出生。在座谈会现场，他感慨道："虽然我现在头发看起来是开始白了，但是我觉得我也是看着任老的书长大的。我刚来到这个世界上，就有一个人为我写了这么多让我在五六年之后可以读的有意思的书，我记得我一年级就看了上海电影制片厂刚刚拍好的同名动画片，昨天晚上我还重温了一遍，到今天看还是很有意思的，可见任老多年的辛勤劳动对我们的童年带来多少的快乐，而且这快乐当中还包含了多少教益。"

后来，魏育青大学毕业，他的一些同班同学被分到上海译文出版社工作，他们就会跟他分享他们听到的或者看到的任老的一些故事。"那时，译文社社址在延安路的一条弄堂里面。他们就说，任老每天会夹着一堆稿子，从嘎吱嘎吱响的楼梯上走下来，走到铜仁路口的咖啡馆去喝咖啡，看稿件。当时我们就想，看稿件不应该是在社里看吗？任老却不是，他有自己的讲究，说来也真是传奇。"

但真正传奇的是，任老讲究生活之余，却在儿童文学翻译和创作领域结下累累硕果。这部近千万字的译文集，实际上也还只是他全部译著的50%，就像他儿子任荣康说的，因为原著版权关系，这部译文集目前只收录了原著已进入公版领域的他父亲的主要译作。更主要的是，他把翻译做到家了。任荣康说："工欲善其事，必先利其器。翻译工作的'器'就是语言，家父做到了汉语和外语功夫双全。"

也因此，任老直接从意大利文译出的《木偶奇遇记》迄今仍是流传最广的中文版本，他晚年翻译的《安徒生童话全集》，更是由丹麦首相哈斯穆斯亲自授权，成为唯一的官方中文版本。与此同时，因在儿童文学领域作出的重要贡献，他于2006年荣获首次设立的陈伯吹儿童文学奖杰出贡献奖，并在2009年被授予"资深翻译出版人"纪念牌。他说："我也很惊讶自己翻译了那么多书，不过这是因为我翻译的都是很薄的儿童读物，人家的一本书，我可以变成100本。"

这诚然是任老的谦虚之语，也未尝不是透露出他自得其乐的性情。他用女儿的名字取笔名，原是一次翻译童话时的顺手之举，却让他此后"麻烦"不断：有人登门拜访，家人总得问：您找哪个任溶溶？老的还是小的？还有小读者写信来，经常叫他"任溶溶姐姐""任溶溶阿姨"，这一切都是因为童心让他忘了"女儿总有一天是要长大的"；他教儿子下棋，儿子学会了，快赢他了，他就让儿子另请高明，好让自己始终保持"不败"；他住在一间已经住了五六十年的老洋房里，有一次听说这片区域可能要被拆迁，他就跑到发小兼好友、翻译家草婴家大哭一场，而实际上，他常年工作生活的那个房间并不舒适，甚至连窗户也没有。

得益于这种幽默性情，任老始终保持了乐观的心态。"文革"时，他被分配到饲养场养猪，"养猪其实是很舒服的，只要在猪吃食的时候喂一下。"因为太喜欢长着长鼻子的匹诺曹，他很早就准备了学习意大利语的资料，期待有一天可以翻译《木偶奇遇记》。"没事偷着乐"的任老正是在这期间学会了意大利语，同时还偷偷学会了日语。以至于日后当很多人赞他精通四国语言时，他总得使劲"辟谣"说，其实自己比较精通的是英文和俄文，意大利文和日文都是在无聊时学的，不作数。

"文革"结束后，已届中年的任老迎来翻译生涯的高峰。其时，整个出版环境为之一新。译文社成立，他没有回到之前供职的少年儿童出版社，而是开始在译文社编辑《外国文艺》杂志，业余时间专心致志从事儿童文学翻译。他先后翻译了《长袜子皮皮》《彼得·潘》《假话国历险记》《小熊维尼》《夏洛的网》等数以百计的经典儿童文学作品。其中最重要的自然还是《安徒生童话全集》。

　　任老坦言，翻译安徒生童话对他来说是一个很大的挑战。"那时我已经70多岁了，此前根本没想过会去翻译他的作品，因为已经有很多很好的译本，像叶君健的译本就很好。但终究拗不过出版社的要求，决定翻译一个新的版本。"刚着手翻译时，任老着实感觉有些吃力，等找到了自己的翻译方式才顺手了起来。他说，安徒生从小听了很多民间故事，他的许多童话跟传统的民间故事关系密切，像《皇帝的新装》就是从西班牙的民间故事改编过来的。后来他创作童话用的也是讲故事的方法。"所以我翻译时尽量用口语，像翻译民间故事一样，不要掉书袋，讲的都是'大白话'，目的是写给小孩子看，尽量让小孩子看懂。"

　　这也正是任溶溶在翻译中一贯坚持的原则。在他看来，儿童文学家应该是文学家，应该有很高的文学修养。翻译也是这样，有了文学修养，无非是借译者的口，说出原作者用外语对外国读者说的话，连口气也要尽可能像。"前人说'信雅达'，我觉得'信'是最重要的。我翻译只管把原作中作者说的外国话用我的中国话说出来，但求'信'，原文'雅'，我也雅，原文不'雅'，我也不雅，作者要读者懂他的话，自然'达'，那么我也达，这也是'信'。我翻译如此而已。"

不仅如此，体现在任老的生活中，他也真正做到了"信雅达"。他信奉自己从事的事业。他说："我的性格深刻不了，干别的工作不会像做儿童文学工作那样称心如意。或许很多人会说悲剧可能更接近现实，但那不关我的事，我总希望团圆。尤其是给孩子看的书，还是让美好多一些吧。"他无疑也"雅"。儿童文学评论家方卫平回忆说，2003年10月，正值宋庆龄儿童文学奖颁奖典礼在北京举行，任老是那一届"特殊贡献奖"的获得者。一天晚上，一群中青年作家和学者在他的房间里聊天，从走廊经过的任老听着这屋里热闹，便走进来和大家一起聊天。"聊着聊着，他忽然问：'你们猜我最喜欢看哪一档电视节目？'大家都猜不着。最后，还是他自己揭晓了谜底：'我最喜欢看天气预报。'看着众人纳闷的模样，他笑眯眯地接着说道，'你们想，同一个时间，这里很冷，那里却是很热；这里下着雨，那里却是大太阳，这多有趣、多好玩啊。'"生活中寻常不过的事，在任老那里却可以自然而然地"雅"起来。正是在那一刻，方卫平意识到，任老这一辈子与儿童文学结缘如此之深，并把它当成一生痴迷、乐此不疲的一桩美差，亦是天性所致。"在天性上，他无疑是最接近童年，最接近儿童文学的——他是一个天生的儿童文学家。"如此，任老自然会"达"。在87岁高龄时，他还不忘打趣："有人说，人生是绕了一个大圈，到了老年又变得和孩子一样。我可不赞成'返老还童'这种说法，因为我跟小朋友从来没有离开过。"

作为翻译家的任溶溶

沈嘉禄

读小学二年级的时候，全校组织去看电影，有一部彩色动画片叫《"没头脑"和"不高兴"》，大家笑得人仰马翻。后来看了同名童话书，才知道作者叫任溶溶，从此成了他的铁粉。

直到今天，期颐在望的任老还经常在《新民晚报》副刊上发表短小精悍的美文，我每篇必读。怀旧基调积极乐观，透露的信息也别饶情趣，比如他说一百年前流亡上海的白俄贵族居然是带了电影胶卷来的；再比如他回忆在新四军部队里遇到的领导，那种风度与人格魅力体现了共产党人的精气神。还有诸多广东美食，小凤饼、及第粥、大良南乳崩沙、鸡球大包等，让久居上海的粤籍人士望梅止渴，缓释乡愁。

任溶溶曾获陈伯吹儿童文学奖杰出贡献奖、宋庆龄儿童文学奖特殊贡献奖、宋庆龄樟树奖、国际儿童读物联盟翻译奖等奖项，他是上海的荣光与骄傲。

日前，著名藏书家、书评家韦泱兄光临寒舍，惠赐新作《任溶溶这样开始翻译》，还是藏家格外看重的毛边本。我当即翻阅起来，感觉非常亲切。

这本书是国内第一部介绍整理任溶溶译介的书话集,韦泱兄从自己的丰富藏书中选取了五十种任溶溶早期翻译的外国儿童文学作品,给每部书撰写了精彩的书话。字里行间还融入了自己的阅读记忆和情感体验,也透露了那个时代出版界的一些信息。经过时间淘洗仍然光彩照人的书影,还原了这批儿童作品出版之初的状况,也一下子将我的思绪引渡到那个物质匮乏但精神昂扬的年代。

任溶溶如京剧名家中的"两门抱",创作与翻译两手抓,两手硬,著作等身,堪称劳模。

今天单说他的翻译,在中华人民共和国成立后的十七年中,全国出版的外国儿童文学译作有426种,而任溶溶一人独当30多种,约占翻译总量的8%。他的不少译作已成为凝结数代人共同记忆的文学经典,比如《木偶奇遇记》《彼得·潘》《小飞人》《夏洛的网》以及晚年的《洋葱头历险记》《小熊维尼》《精灵鼠小弟》。在2004年安徒生诞生200周年之际,任溶溶还翻译了最新版本的《安徒生童话全集》。

20世纪80年代,任溶溶很有前瞻性地翻译了林格伦的长篇童话经典——《长袜子皮皮》,在如何尊重孩子的天性及鼓励他们自由发展这样的问题上,启发了中国的儿童文学工作者。

这次,韦泱兄的书话集还告诉我们,第一位将迪士尼故事介绍给中国小读者的也是任溶溶,比如《小鹿斑比》《小飞象》《龟兔大赛跑》等十多部(篇),"这些被迪士尼拍过电影、配过无数卡通画的童话故事,成了任溶溶一生的挚爱和牵挂"。

这本书话中还让我感慨万分的是,任老翻译的大量的苏联与东欧儿童作品，比如《亚美尼亚民间故事》《我们的工厂》《神气活现的小兔子》《勇敢的人们，前进啊》等，这些书我都读过。特别是一本发行量巨大的《古丽亚的道路》，美少女古丽雅在学校里表现出不凡的艺术天赋，体育成绩也十分优秀，卫国战争爆发后，她勇敢地奔赴前线，用鲜血和生命换来了"生命中的第四高度"。考虑到中国读者不易理解"第四高度"这个陌生概念，任溶溶就将译作更名为《古丽雅的道路》，出版后果然在青少年中间引起强烈共鸣，深刻地影响了几代人，包括今天驰骋在文坛上的作家。

任溶溶说过："人的一生总会碰到各种各样机缘，这是不是像一个童话呢？"是的，一个国家在发展、进步过程中也会遇到各种各样的机缘，也像一系列的主题童话。

像任溶溶一样，从孩子身上找诗

黄亦波

我爱诗。

我爱儿童诗。

我爱孩子自己写的诗。

可是，我也发现很多人不是到儿童身上去找诗，而是热衷于小动物，热衷于天空中的云、雨、雷、电之类，这当然指的是成人作者，但这种审美倾向也影响了孩子的写作。许多孩子跟着学那些虚无缥缈的"花言巧语"，很少脚踏实地写自己的生活。长此以往，我们也就看不见他们在做什么，儿童诗里也就没有了他们的真切感情。

可是，有一个大诗人，却能从孩子的生活小事，抓到大主题，让人一读就会"喔唷"地叫起来。

他就是任溶溶。

当年，1963年，我调到《小朋友》杂志编诗，我约他写诗。没几天，他就写来了这样一首《我给小鸡取名字》：

一二三四五六七，

妈妈买了七只鸡，

我给小鸡起名字：

小一、

小二、

小三、

小四、

小五、

小六、

小七。

小鸡一下都走散，

一只东来一只西。

于是再也认不出，

谁是小七、

小六、

小五、

小四、

小三、

小二、

小一。

我一读，就从心底叫起来："喔唷！好诗！"

这本来只是一件家庭琐事，可是任溶溶却写出了一个聪明伶俐的孩子形象，活泼、有趣，尤其是别出心裁地使用了梯形排列，让数字颠倒，增加了艺术感染力。

这首诗从发表到现在，已经过去整整60年了，仍旧为读者所喜欢，成了作者任溶溶的代表作之一。我曾问过任老，作品的灵感来源于什么，他说是他的妈妈买来小鸡，大家围着小鸡看，他就写了这首诗。他并没特意告诉我是从女儿的角度出发，捕捉到了灵感，进而写出这首诗来的。

现实生活就是这样。从孩子生活中的很多小事情里面，任溶溶都可以找到诗情。如小孩子学走路，是我们人人见到的，任溶溶当初也见到过，可却只有任溶溶写得出好诗来，就如《小宝宝学走路》这首：

> 小宝宝，学走路，
> 不要大人扶，
> 跌跤也不哭，
> 起来一步，
> 一步，
> 又一步。

诗，让读者看到一个意志坚强的学走路的小宝宝的美好形象。末句又用了阶梯式，节奏感就更强了。这里他没有使用一个赞美词，完全凭小宝宝的行动来表现主题。这是我建议写诗的朋友好好学习的一点。

我们去公园玩，常常可以看到中国小朋友和外国小朋友们互相追逐嬉戏、玩得很开心的景象，无心者看看笑笑也就过去了，可任溶溶从中发现了美，发现了诗，他写了这样一首诗《玩得嘻嘻哈哈》：

　　　　我不会讲外国话，
　　　　外国小朋友不会讲中国话，
　　　　我们用不着说话，
　　　　你追我，我追你，
　　　　玩得嘻嘻哈哈。

　　通过这样妙趣横生的诗句，将中外小朋友的友谊充分表现出来了。我们还知道，小朋友和小朋友的关系是很有趣的，今天吵架了，明天又好了，说不定后天又吵架了。大人觉得不可思议，可小孩子是不会记"仇"的。任溶溶就这个现象也写了首有趣的诗《我跟小熊吵了架》：

　　　　我跟小熊吵了架，
　　　　它不睬我，我也不睬它，
　　　　我跟小熊又好了，
　　　　它抱着我，我也抱着它。

　　　　我跟小熊吵了架，
　　　　它不睬我，我也不睬它，

我跟小熊又好了，

它抱着我，我也抱着它。

我跟小熊吵了架……

（反复读下去）

读这样一首诗，真是有趣极了。将小朋友和玩具小熊之间的可爱互动，展现得淋漓尽致。在任溶溶的笔下，似乎有写不完的东西，都是从小朋友身上体现出来的。还有《妈妈故事多又多》《我跟爸爸妈妈去旅游》等，数不胜数。

读了任溶溶的一些小诗，我得出了一个结论：你想要写出好诗来吗？快去学习任溶溶，到孩子的生活中去找诗，到孩子的身上去找诗，孩子的一言一行，一举一动，一颦一笑都有诗。你一定要用儿童的眼睛去看，用儿童的耳朵去听，特别是用儿童的心灵去体会。

任溶溶已经离开我们了，我们永远地怀念他，不仅怀念他的为人为文，也怀念他永远俯身贴地为儿童写诗的品格。有志于从事儿童诗创作的人，应该像他一样，到孩子的身上去找诗，就会有写不完的好诗。

原载2023年11月9日"文艺报1949"微信公众号